DongHuaChun Barbershop

東華春理髮廳 3

髮理春華
恭喜
發財

CUT.1　流星

現在是怎樣？
打算什麼
都不說就搬走。

3F-2
我想，
我想換一個地方。
那個地方我不必忍受你想來就來；
你離開後，門內的一切好像都與你無關。
老是在等待……
我都快忘記前進的感覺了。
停
07－10
16－20
老是在體諒，
再說，這樣的關係不可能會有「我們」。

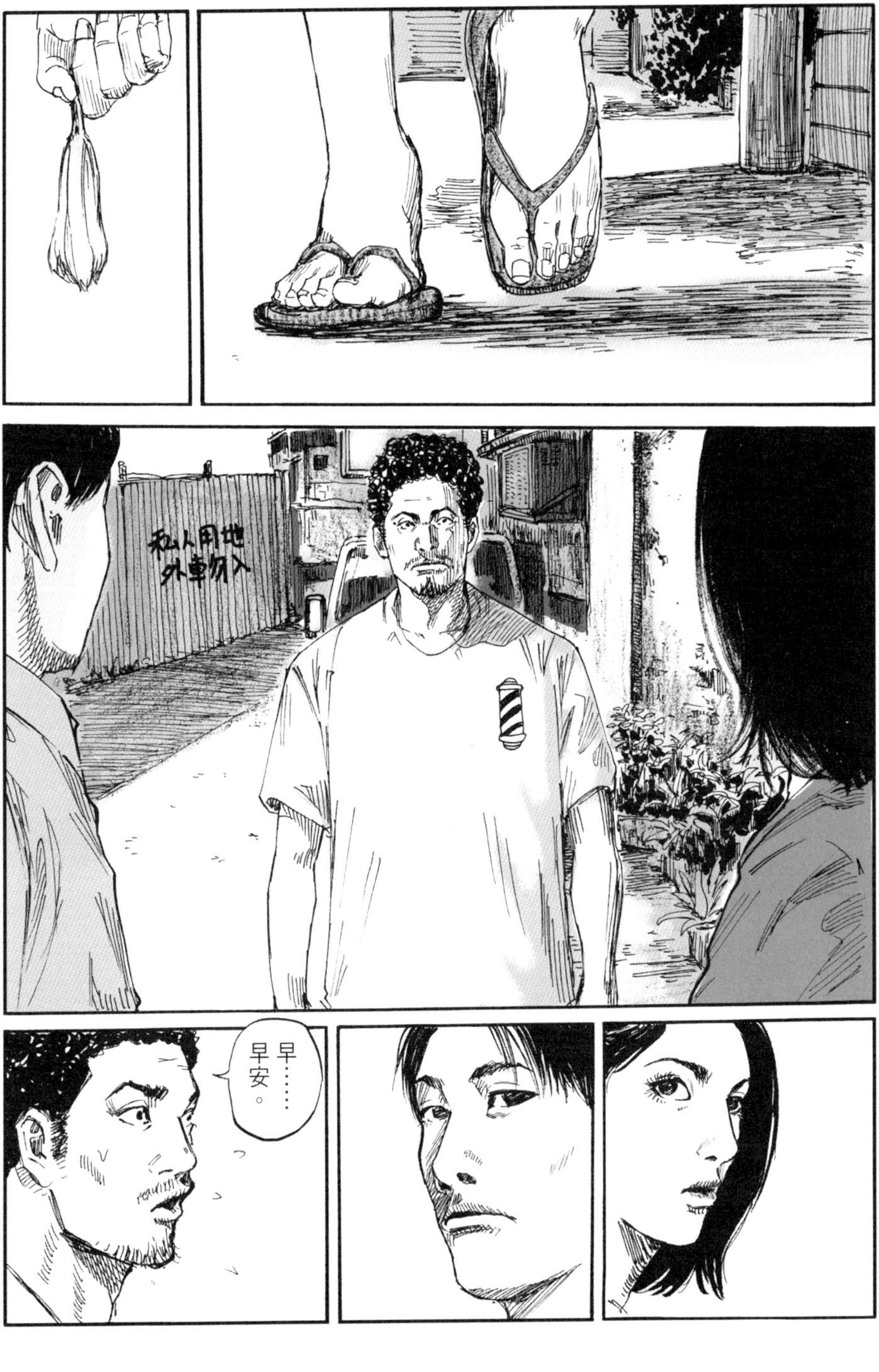
私人用地
外車勿入
早……
早安。

我打斷你們了嗎？他臉超臭！
你出現的剛好，他一直盧著要上來。
這張像流星的照片是妳拍的哦？
那是胎兒超音波……
這麼大張！
我去沖洗放大的。
不過你說的也沒錯，小孩跟流星一樣。
靜悄悄的，選了一個女人的肚子降落。
這在我意料之外，不過並非每次意外都是壞事。
也因為這樣，我才能夠下定決心。

小孩的事幫我保密喔。
呃！所以疝氣不知道！
這樣真的好嗎？
小孩沒有爸爸。
我也不清楚。
可是你並沒有因為爸爸不在身邊就長歪。
因為妳阿爸沒有加入我創立的「正爆部隊」！
你很欠揍耶！
啊，千萬別動了胎氣——
我的人生也沒因為有父親就過得比較好。

他無法完全屬於我的小孩。
無法完全擁有的，我寧願不要。
可能是我有問題吧……
其實我也擔心自己的每個決定，會怎麼影響孩子。
幹麼！
我很難想像妳會有想當媽媽的一天，妳一直是很灑脫的人。
也以為妳會很果斷的拿掉，然後繼續過日子。
我確實有這樣想過，這麼做也最簡單。

產檢時醫生說，只有女人可以體驗另一個生命，
甚至是多個生命在自己身體裡慢慢孕育的感覺。
我還沒聽到我媽說懷我是什麼感覺，她就過世了。
也許是自小沒有媽媽，所以一直沒有想當母親的念頭。
她是四十歲過世的，剛好我也四十了。
我在想，肚子裡的小孩會不會就是她，她用這個方式來告訴我感覺。
既然妳想生又這麼徬徨，乾脆留下來吧！我可以幫忙啊！

……我的意思是有我、有玉蘭、啟立，還有福祿壽三寶、賣冬粉的阿梅姨……
再說，小孩有很多人疼，不是超讚的。
以後妳們吵架，小孩離家出走時也有更多地方可以投靠啊。

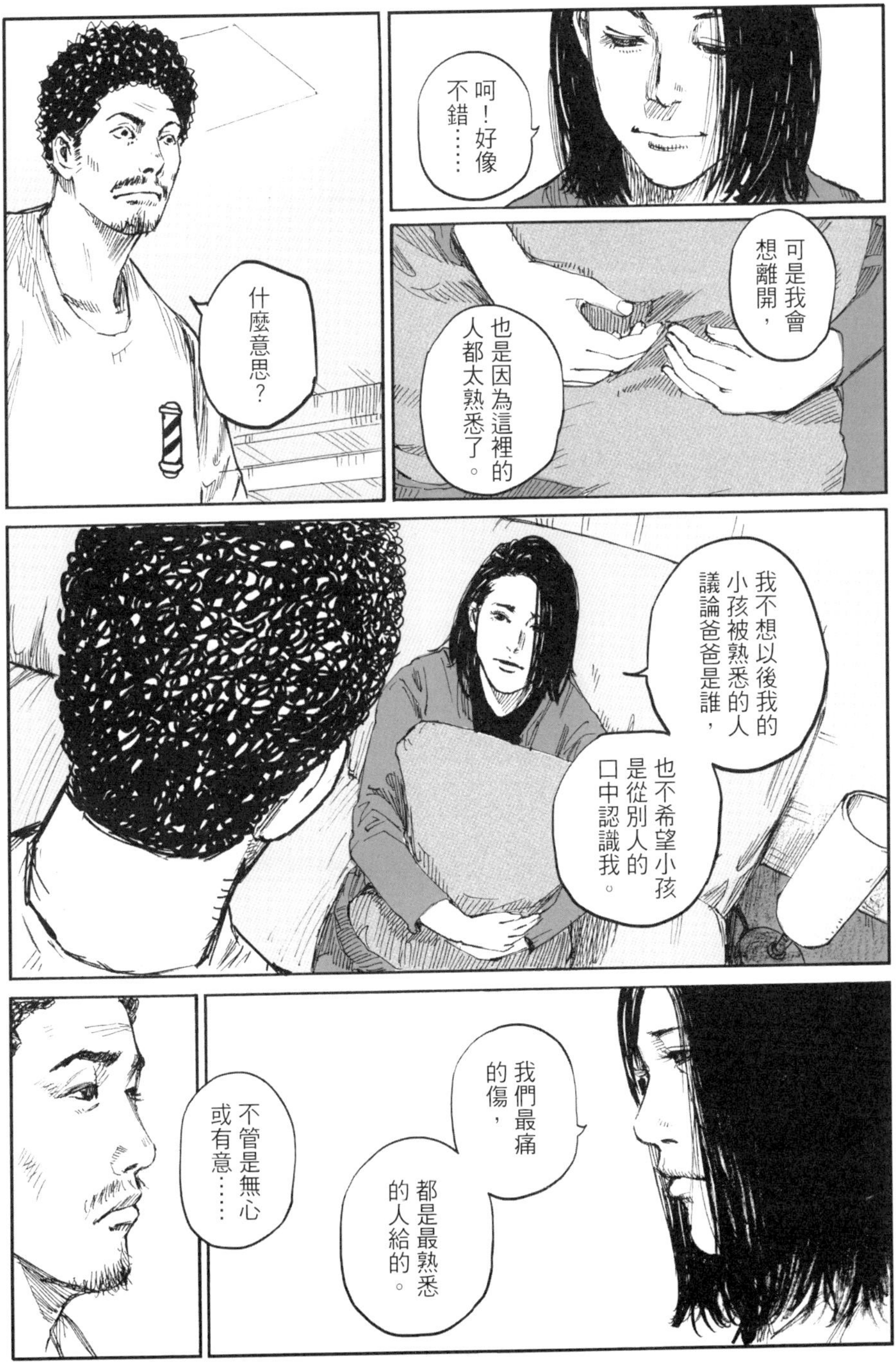
呵！好像不錯……
什麼意思？
可是我會想離開，
也是因為這裡的人都太熟悉了。
我不想以後我的小孩被熟悉的人議論爸爸是誰，
也不希望小孩是從別人的口中認識我。
我們最痛的傷，
都是最熟悉的人給的。
不管是無心或有意……

幹！好煩喔——
喂！別罵髒話，小孩會聽到。
呃！
這麼小就聽得到？
什麼時候搬？
冬衣
冬衣
我送妳，陪妳到新家也可以。
哈！我也不知道。
不要，我不喜歡這樣。

妳是怕我像國三那次喔。
哈哈哈！你還記得啊！
妳說咧。
本來我衝上火車是要勸妳別逃家。
結果火車開了，害我變成跟妳一起蹺家。
你這白痴還想學成龍跳車！
哈哈哈！
你該感謝我好嘛。
因為這樣，你媽才沒再逼你考高中！
啊不就很謝謝！
不客氣，算順水人情。
陳小華你有想過嗎……

你都沒想過要離開這裡嗎？
你沒必要老是當那個看著別人離開的人。
我在想，如果國三那次我們沒回來，人生會變怎樣？
總是要有人留在這吧……
哈！你不用認真思考啦。

不然，所謂的「回來」就不成立了。
我也不知道能去哪？
看著人離開，對我來說反而簡單。
呼！
唰！
唔！
既然妳決定要走，那我就……
陳小華，你想幹麼！

唔……

小朋友你好，我是陳小華叔叔。
我跟你媽是三十幾年的好朋友了。
咳咳！
你媽是個很獨立的人，意思就是說，她很愛逞強。
以後我不在她身邊，你要幫我看著她喔。

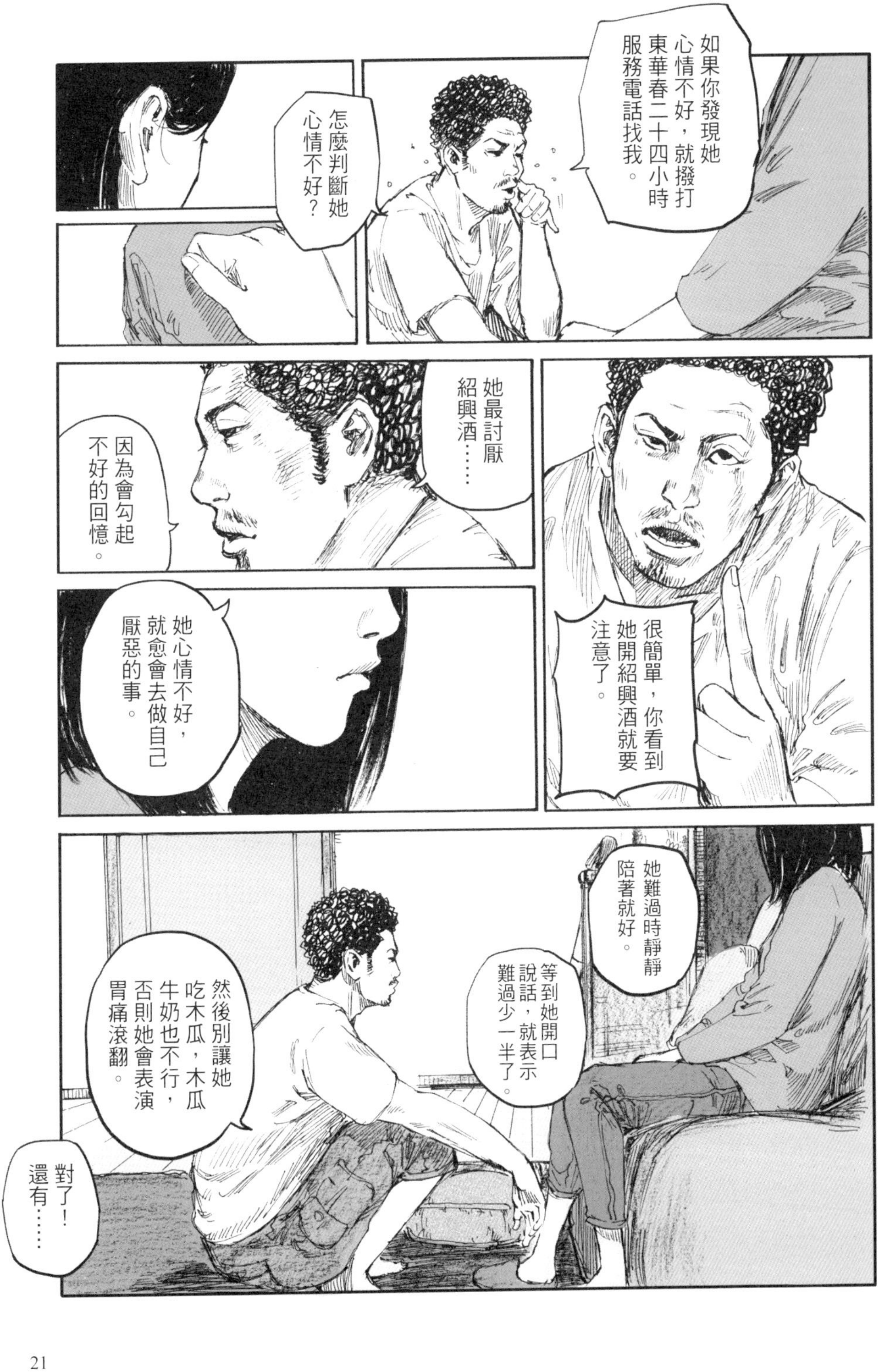
如果你發現她心情不好，就撥打東華春二十四小時服務電話找我。
怎麼判斷她心情不好？
很簡單，你看到她開紹興酒就要注意了。
她最討厭紹興酒……
因為會勾起不好的回憶。
她心情不好，就愈會去做自己厭惡的事。
她難過時靜靜陪著就好。
等到她開口說話，就表示難過少一半了。
然後別讓她吃木瓜，木瓜牛奶也不行，否則她會表演胃痛滾翻。
對了！還有……

陳小華，
你很煩。
幹麼講的好像
以後我們都不會
再見面……
她說小孩的來到，
悄悄地
像是流星降落。
其實離開的人也是。
只是，
你是目送它劃過天空，
看它朝哪個方向。
重逢，
是無法估計的距離。

爽啊！這裡果然好山好水！
連空氣都是香甜的！
很香甜吧？我剛放屁啦！

原來你是全球首例糖尿屁患者。
還有救嗎？
恭喜你，這是絕症！
玉蘭咧？怎麼沒看到她？
她說身體不舒服。
昨天她們母女有互動嗎？
就幾句尷尬的客套話。
多住幾天，讓她們多點接觸。
昨晚我看見玉蘭媽站在玉蘭房門前，若有所思的。
沒敲門進去嗎？
啊知。
這種事我們也幫不上忙……

她們現在像隔著落地窗。
看得見彼此，但還沒找到那扇門進去。
你怎麼知道落地窗在那？
MY GOD！
莫非你開天眼了！
嘿嘿！
你們只要眼睛閉著撞個幾次，就會知道位置了。

唔！痛死我了……
痛死了……
玉蘭，我進去囉。
喀！
我準備了止痛藥。
不過妳先吃點東西墊墊胃。

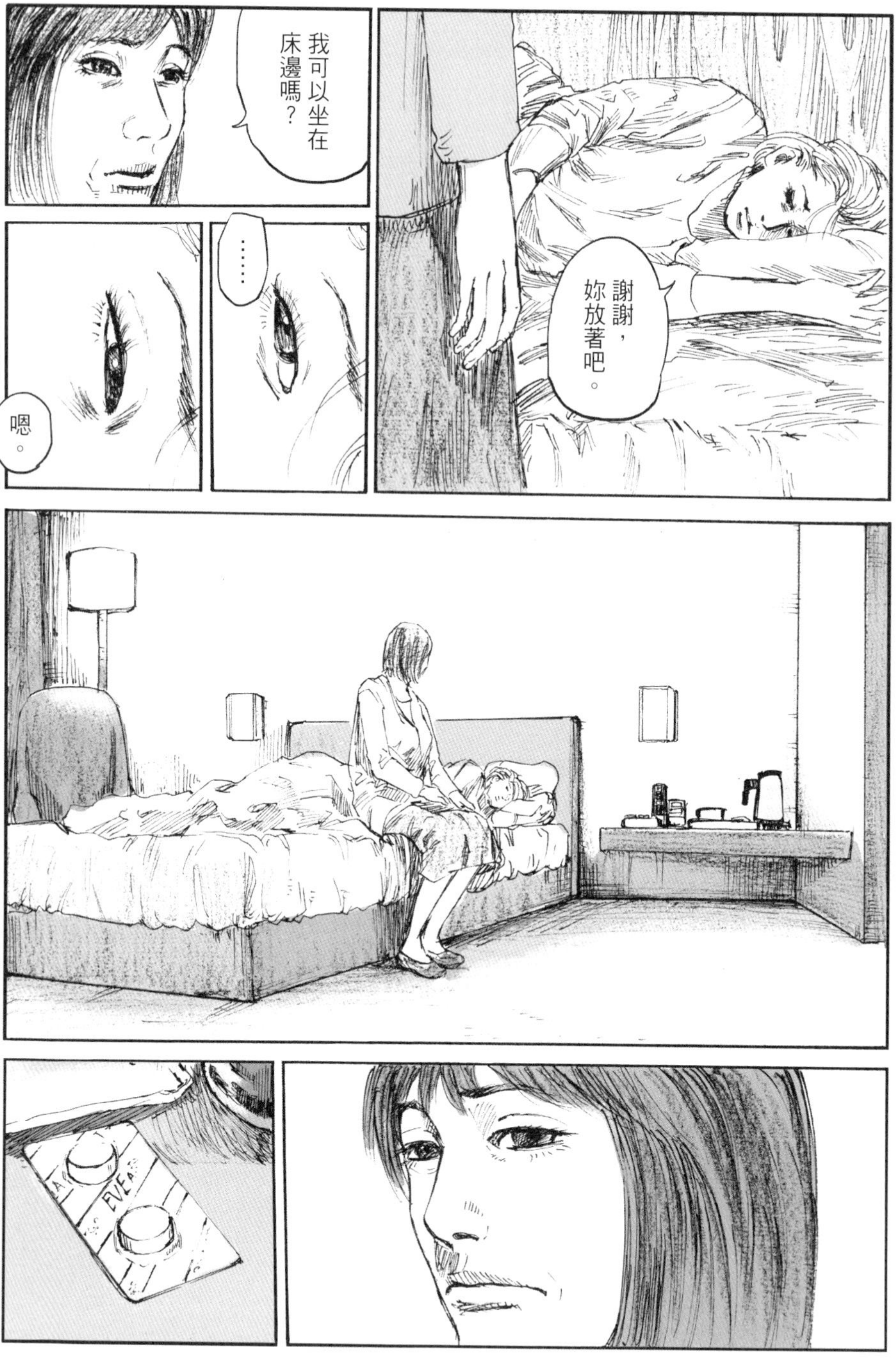
謝謝，妳放著吧。
我可以坐在床邊嗎？
……
嗯。
EVE

以前我月事來，也是痛到只能躺著。
包括對甲殼類過敏也是。
抱歉，我都把不好的遺傳給妳。
沙！
沙！
不過我在生下妳之後，體質改變了。
雖然過敏還在，但一些小毛病都好了，月事也不再那麼痛……
妳帶給我，都是好的。

本來醫生擔心有憂鬱症的我，會因為懷孕生產讓症狀加重，也擔心遺傳的問題。
可是我堅持停藥，隨著孕期，憂鬱症狀反而趨緩了。
妳爸說，那是幸福在懷裡生長的緣故吧。
妳也知道他話很少，但偶爾會冒出一句奇怪又有點意思的話。
……後來妳選擇把它丟了。

我並沒有恨妳。
因為我沒有關於妳的記憶，
所以連想討厭的依據都沒有。

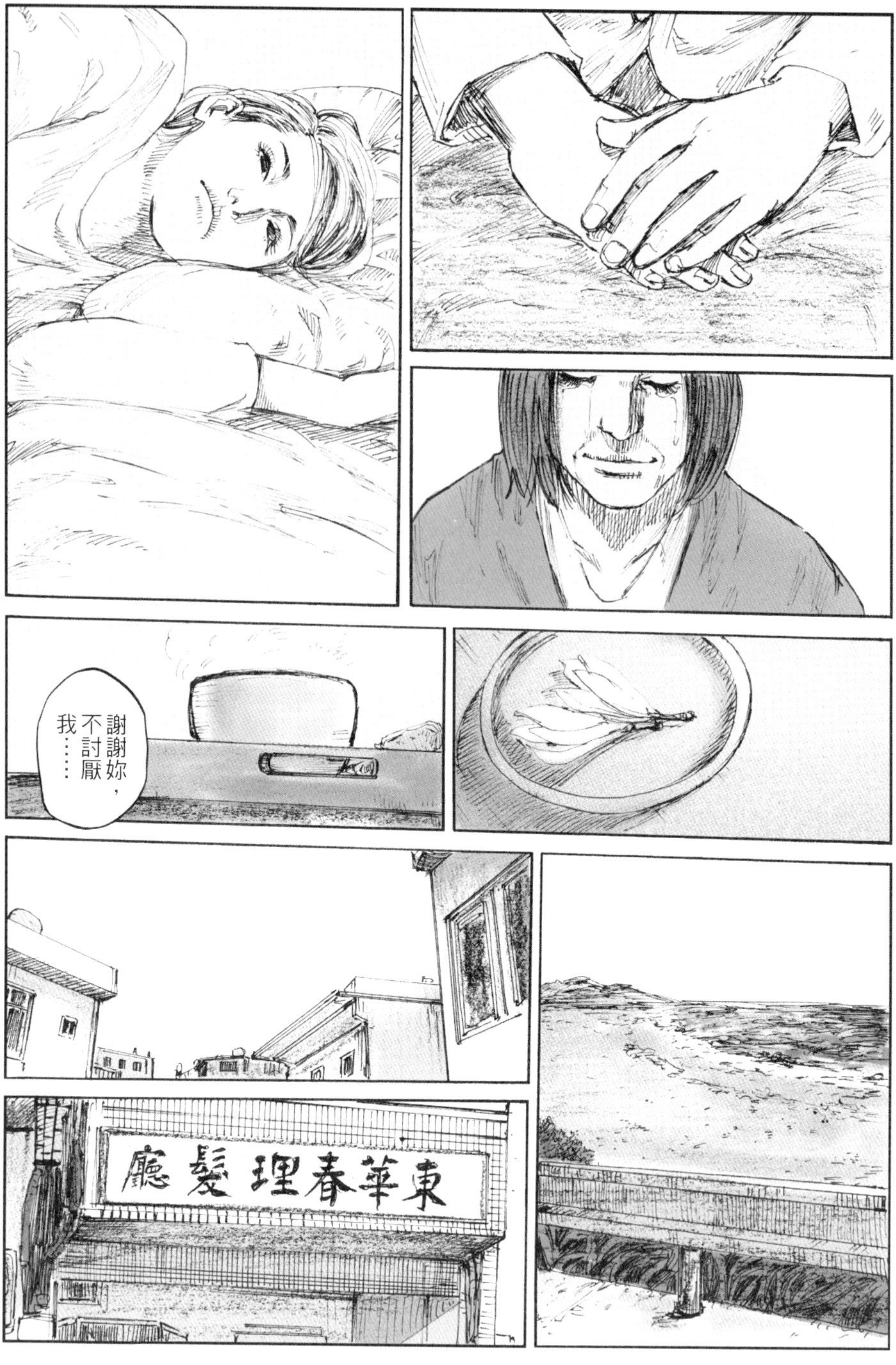
謝謝妳，
不討厭
我……
東華春理髮廳

喀嚓！
今日公休！
喀嚓！
我聽姿如說，你申請退休了。
嗯。

怎麼了？有什麼事嗎？
三峽的同事昨天打給我。
前晚巡邏的員警在凌晨一點左右發現一名老人。
身上只穿一條內褲，有失智的狀況，所以將他帶回警局。
喀嚓！
喀嚓！
後來呢，有聯繫到家人嗎？
查到身分了……
是李勇進。

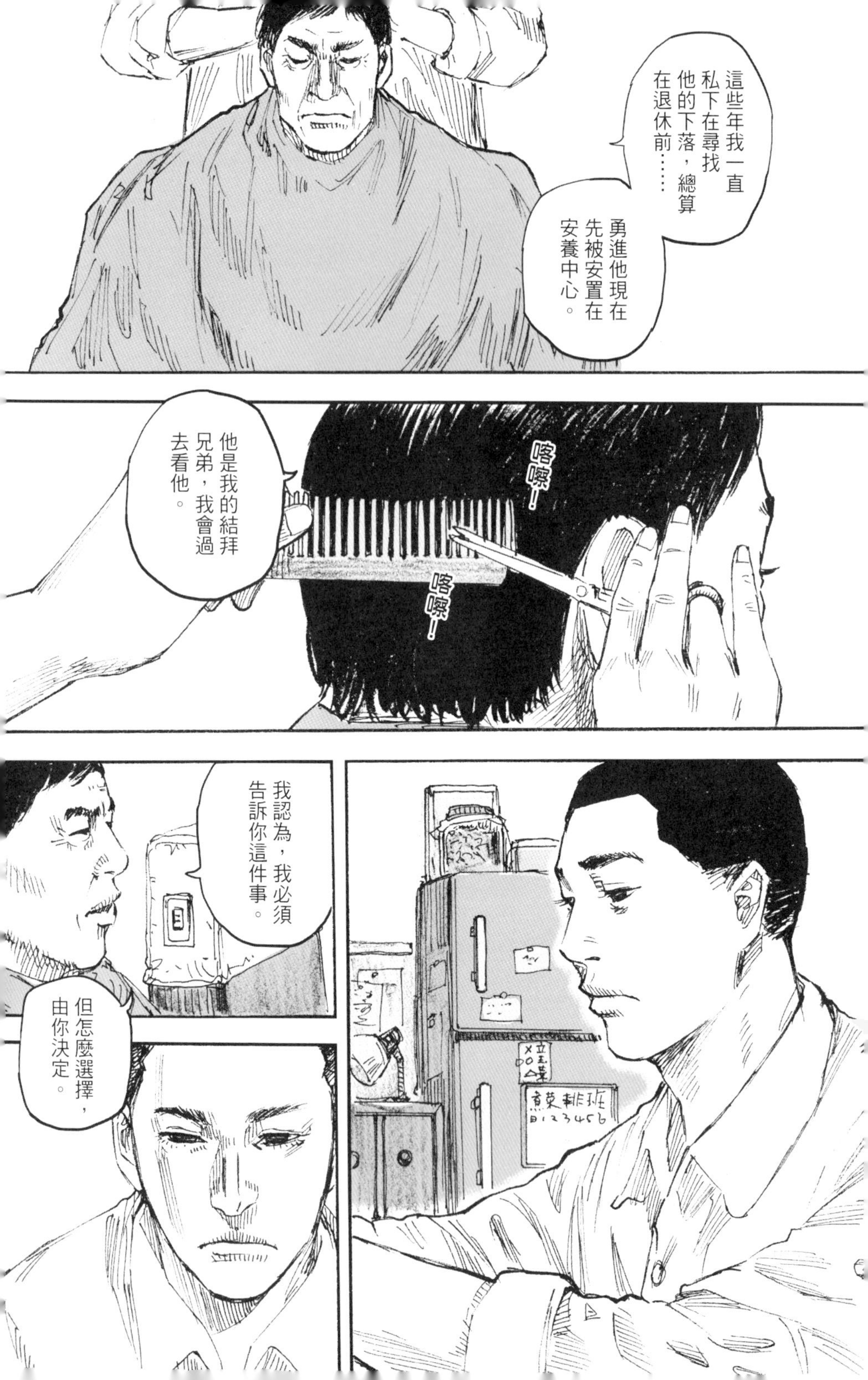
這些年我一直私下在尋找他的下落，總算在退休前……
勇進他現在先被安置在安養中心。
喀嚓！
喀嚓！
他是我的結拜兄弟，我會過去看他。
我認為，我必須告訴你這件事。
但怎麼選擇，由你決定。

嚓！
喀嚓！
喀嚓！
喀嚓！

妳是巷口監視器陳小花是吧！
喵嗚——
對啦！是罐罐啦！
下次妳見到陳玉蘭，叫她卡差不多咧！
去了那麼多天也不傳個訊息……
硍！十八歲就可以這樣嗎？
那二十八我不就要登尋人啟事了！

沙
沙

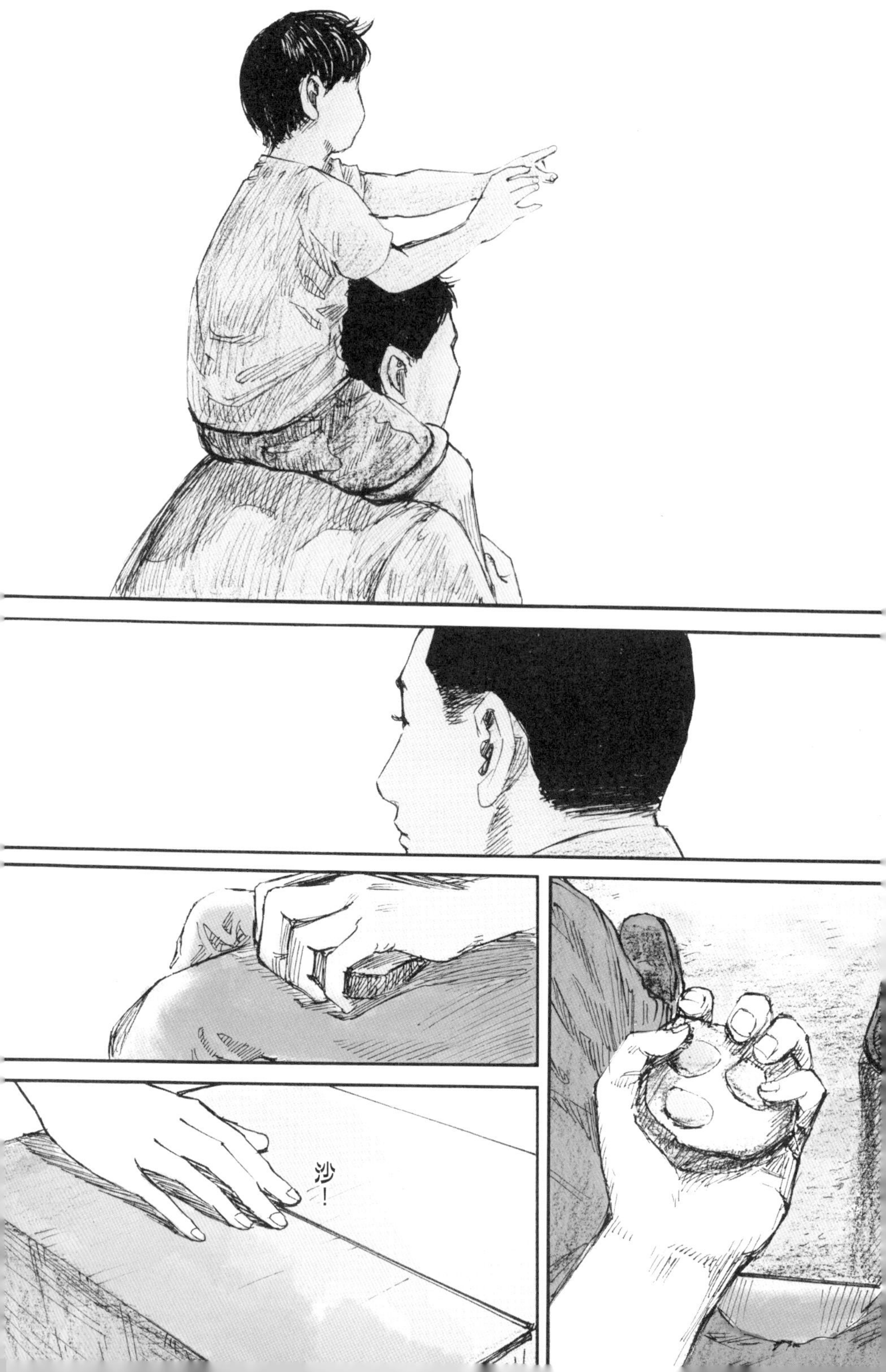
沙！

嘎！
嚓！
嚓！
當媽媽，
當爸爸。
小華
唔？
麗芳
別煩惱啦～
小孩出生身上
一定有課本吧！
教女人如何當媽媽，
教男人如何當爸爸。
小華

妳睡著了？
嗯！
她幫我揉耳朵。
她說我爸以前會這樣幫她減緩經痛。
一開始因為陌生，所以感覺很怪……
後來不知不覺就睡死了。
你笑什麼？
揉耳朵是我教你爸的。
真假？

本來妳爸打算用在理髮的服務上，
但是不是每個人都能接受。
不過沒多久，他就離開東華春了。
所以，七公教的東西經過二十年又繞回來了。
是啊。
好奇妙呀。
穴位在耳朵上的分布，就像是一個倒置的胎兒。
很奇妙的，都能對應到人體各個部位，醫學上稱為德爾他反射。
也許當她看著妳睡著的時候，

她內心的反射，像是回到以前哄著妳入睡的感覺。

我不知道她怎麼想……
雖然是媽媽，
可是對我來說，她是陌生的。
對我而言，她也是陌生的啊。
不過我認為她是很細心的人。
很少有民宿業者會像這樣鋪設導盲磚，
還有規劃無障礙設施的。
如果這個人妳不討厭，
陌生都是可以慢慢變熟悉的。

有共同的記憶，

無論是好的、不好的，
彼此就會漸漸熟悉了。

紹興酒香菇雞湯！
唔！歐吉桑偷偷跑來了嗎？
只有他會加那麼多紹興！
呃！玉蘭。
我記得妳爸也是這麼煮的。
所以，妳媽媽跟小華，自然就這麼料理了。
這應該是屬於妳們家的味道吧。

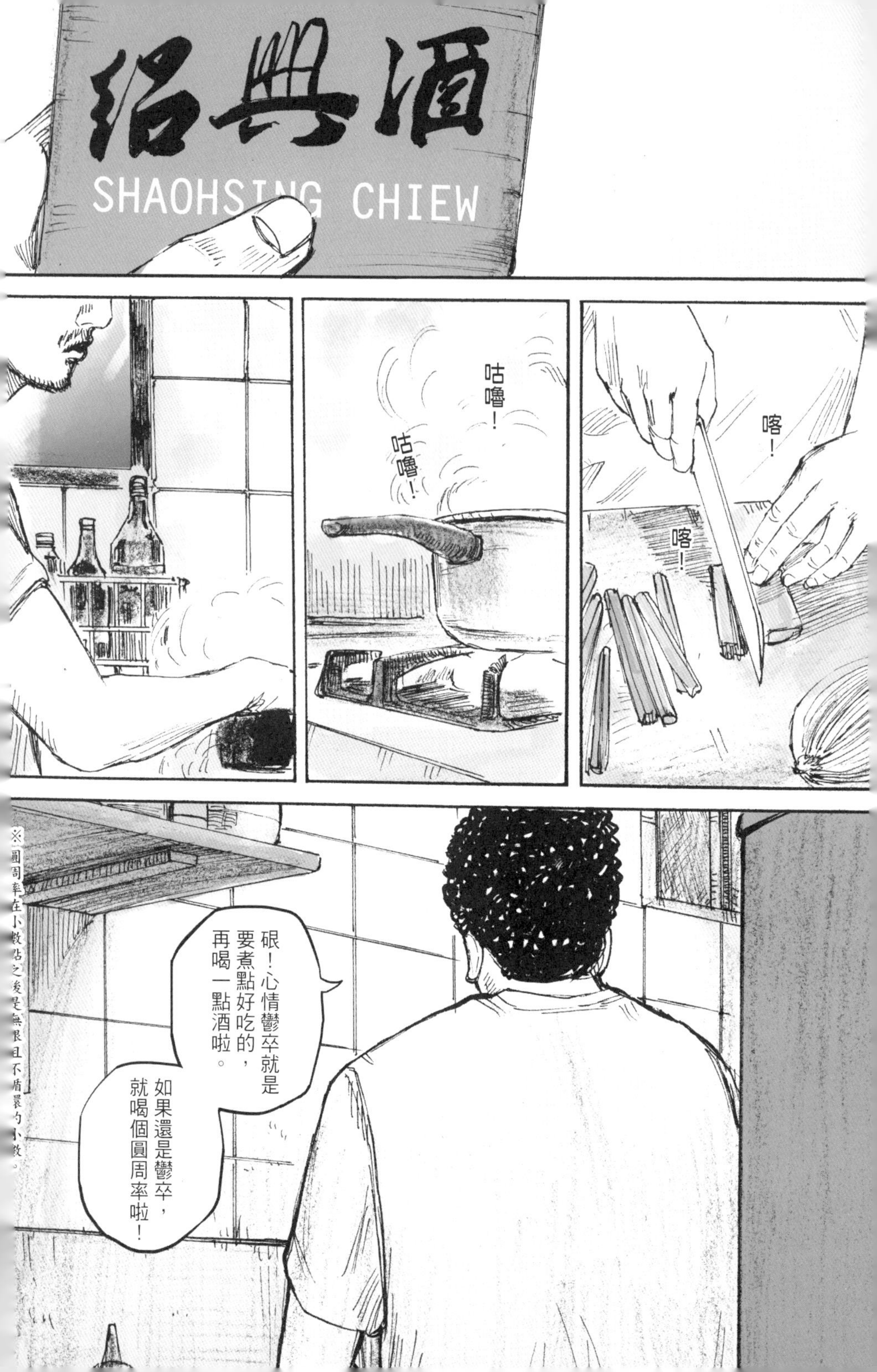
紹興酒
SHAOHSING CHIEW
咕嚕！
咕嚕！
喀！
喀！
哏！心情鬱卒就是要煮點好吃的，再喝一點酒啦。
如果還是鬱卒，就喝個圓周率啦！
※圓周率在小數點之後是無限且不循環的小數。

夢娜一關店，以後要去哪喝酒啦——
想到就鬱卒……
喔幹！好好喝！
我真是個被美髮耽誤的天才廚師！
我咧，好像煮太大鍋了。
等一下拿點去給夢娜當消夜，明天再煮一次。
反正福伯說竹本玉蘭明天才回來……

你說誰竹本啊……
嚇死人！妳是貓喔，走路都沒聲音！
你專心在說我壞話啊！怎麼聽得見。

不是說明天回來？
我不能提早喔！
妳該不會叫妳媽載妳回來吧？
她順道去台北出差啊，
她說這箱你可以分送給客人。
讚讚讚！
我就說你媽很會做人，禮數都會顧到。
歐吉桑。
衝啥？
我媽煮得比較好喝。
啪嚓！

屁啦！怎麼可能！
也許老爸把改良過的祕方傳給她呀。
我不信啦！沒喝到都不算！
那下次公休去啊！
正合我意！來辦紹興酒香菇雞湯ＰＫ賽！
紹興酒
SHAOHSING CHIEW

東華春
我還
老爸，
我騙了歐吉桑。
其實是媽媽
調整過你的湯頭。
29
30
我提早回來，
是因為突然很想喝原本的。
那是我記憶中的味道。
味道
也算是家的連結之一吧。
所以，
我也會試著去習慣媽媽煮的。

人生如戲
過程猶如
空中之音
相中之色
水中之月
鏡中之象
虛實真假
戲如人生
十三元 題
東華春大戲院
一律130元
今日放映
廁所的風景
陳小華，你回去啦！
我沒帶錢，怎麼回去！
你很煩耶！幹麼跟上來！
對啦！對啦！全世界只有我會煩妳黃麗芳啦！
那就不要煩我啊！
壹佰圓
拿去！這些錢夠你買車票回家！

麻煩驗票，謝謝。
走！跟我來！
去哪？
喀啦！
你這白痴……
明天聯考怎麼辦？
沒差啦！
我又不是讀書的料。

我不想害你……
下一站你就下車回去吧。
硍！妳逃家耶！
怎麼可能讓妳一個人啦。
會想離家出走，
一定是感覺到事情不是哭一哭就沒事的狀態……
我就一定要衝上車啊。

妳車票買到哪？
花蓮。
喔幹！好遠！
所以我叫你回去啊！又沒叫你陪我。
不是啦，我是怕遇到驗票。
不然我躲廁所好了……
……我幫你補票。
喔。
原來廁所的窗戶只有一個小小的長方形視窗耶。
廢話！整片透明不就被看光光了。
哈！也對，是滿害羞的。
不過，這樣看風景簡單多了。
一大片透明，反而不確定要把視線擺哪裡。

黃麗芳，
除非突然死掉，否則以後不要不告而別啦。
離家出走，是為了想再找一個有回家感覺的地方吧……
妳可以把東華春當成家喔。
因為，
我們已經是先上車後補票的好朋友了。

NOKIA
我上車了，
好好顧家。
她離開時，
給了我一株石蓮花。
我問她送這幹麼？
她要我去查石蓮花的花語。

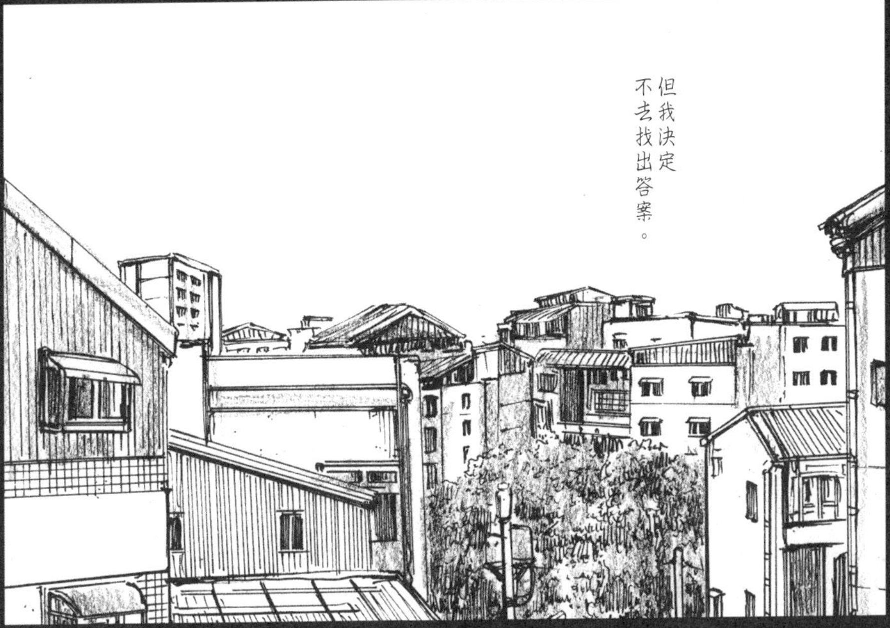
但我決定
不去找出答案。

這樣給出疑問的人，
就能一直被擱在心上。

CUT.2 藤壺

沙
沙
如果不是因為找到勇進，
我應該不會再回來這裡。

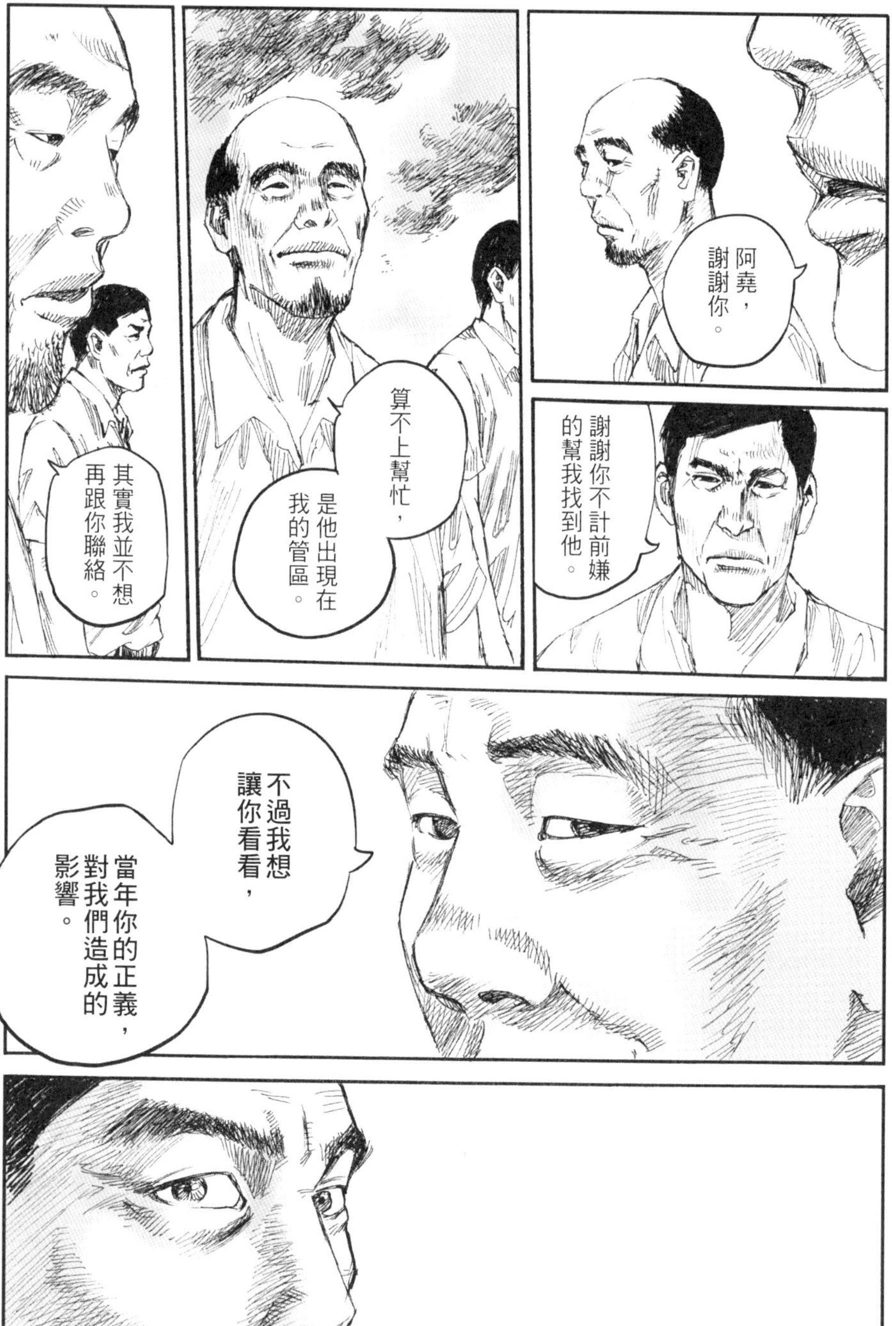
阿堯，謝謝你。
謝謝你不計前嫌的幫我找到他。
算不上幫忙，是他出現在我的管區。
其實我並不想再跟你聯絡。
不過我想讓你看看，
當年你的正義，對我們造成的影響。

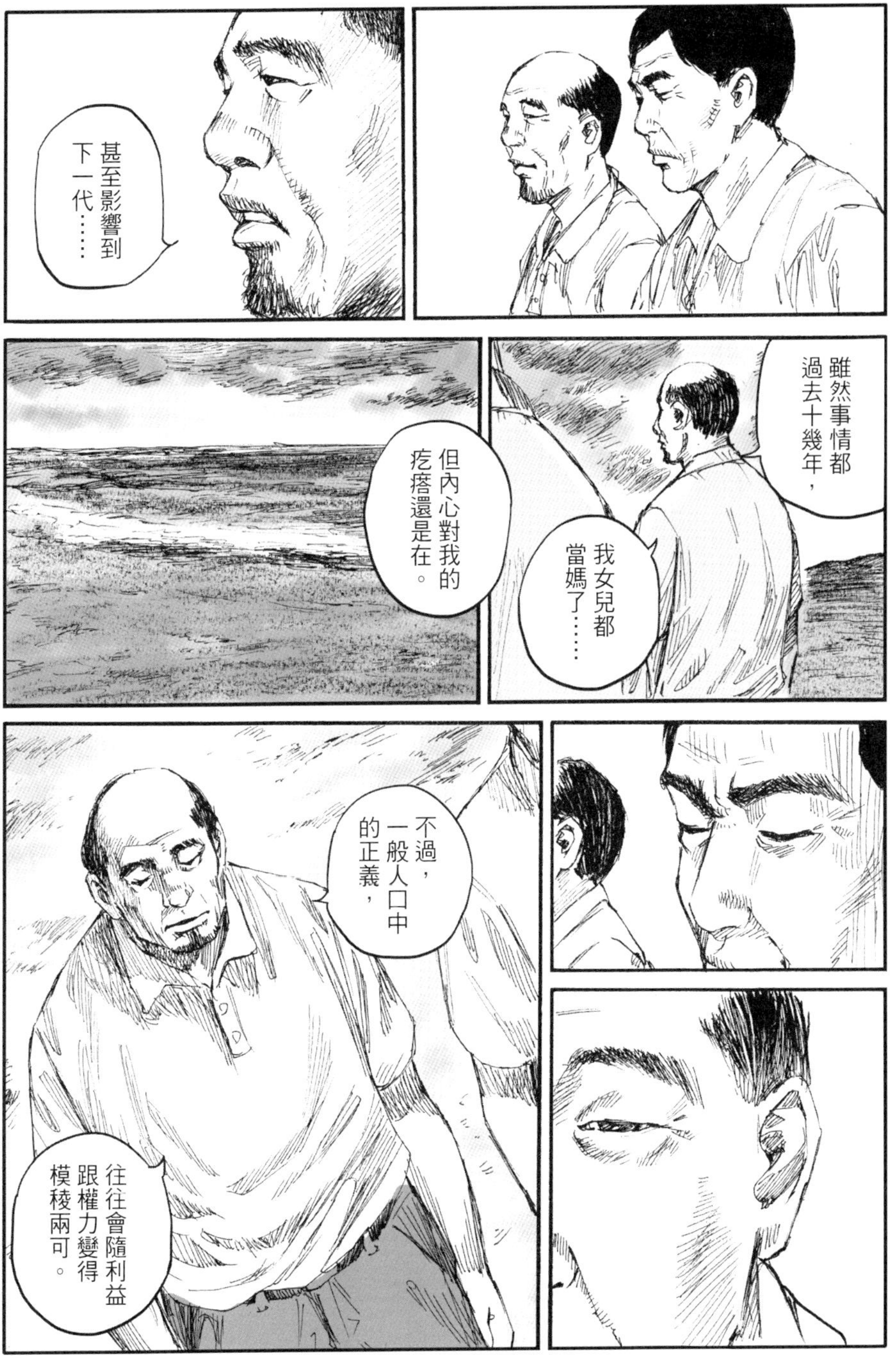
甚至影響到下一代……
雖然事情都過去十幾年，
我女兒都當媽了……
但內心對我的疙瘩還是在。
不過，一般人口中的正義，
往往會隨利益跟權力變得模稜兩可。

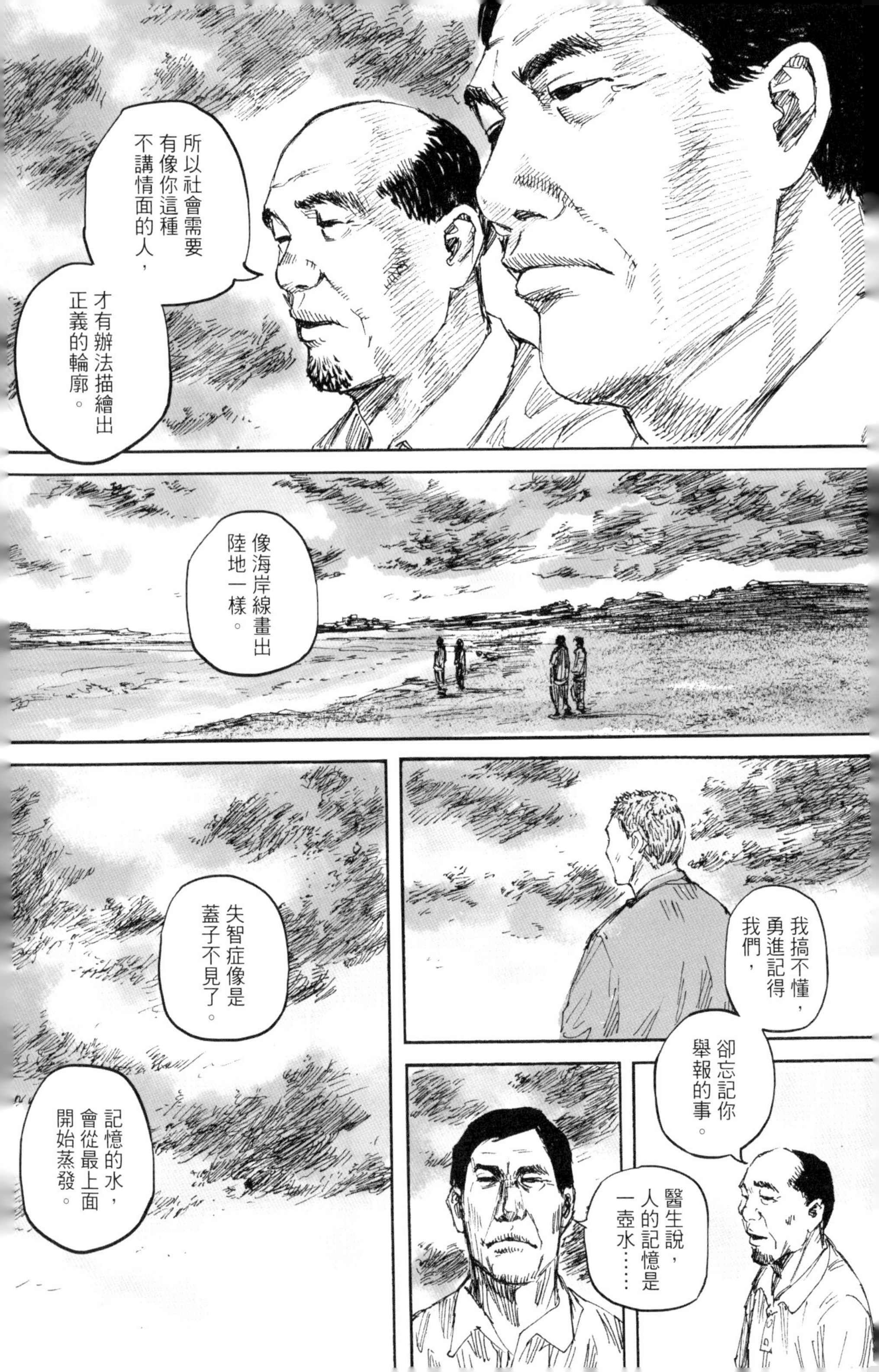
所以社會需要有像你這種不講情面的人，
才有辦法描繪出正義的輪廓。
像海岸線畫出陸地一樣。
我搞不懂，勇進記得我們，
卻忘記你舉報的事。
醫生說，人的記憶是一壺水……
失智症像是蓋子不見了。
記憶的水，會從最上面開始蒸發。

我記得這裡……

以前勤務表常調動，遠的地方去不了。
我最常帶老婆跟小孩來這裡散步，吃個路邊攤再回家。
我老婆很喜歡海。
我記得她有件水藍色的洋裝。
天氣晴朗時，她就像融化在海面上。

我記得她說，等小孩大一點，
一家人飛去海的另一邊，從那邊的沙灘看回來。
我想不起來，後來有沒有去？
我現在連回家的路都忘記了……
社工先生……

你知道我的家人在哪嗎……
可不可以幫我找到他們？

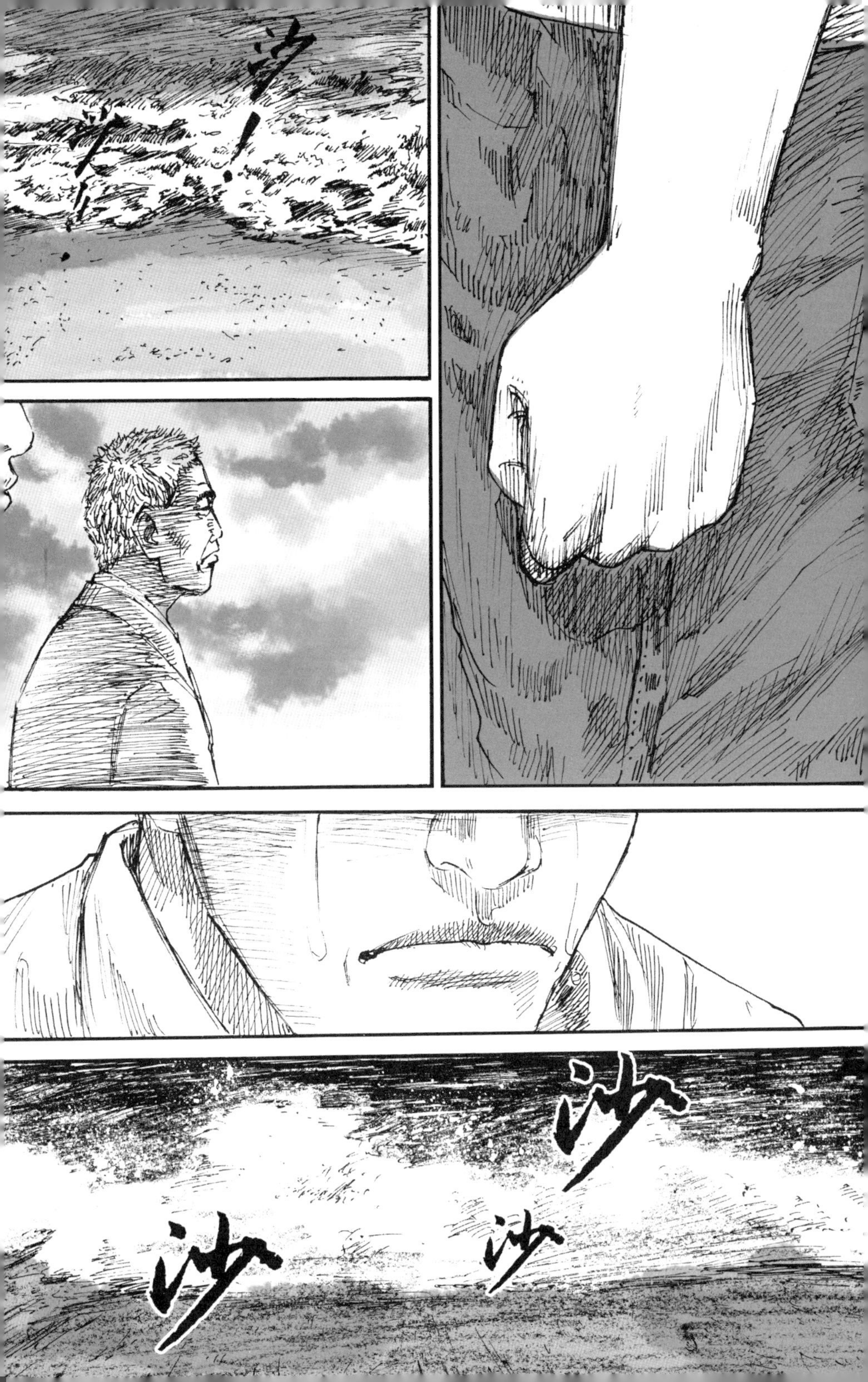
沙！
沙
沙
沙

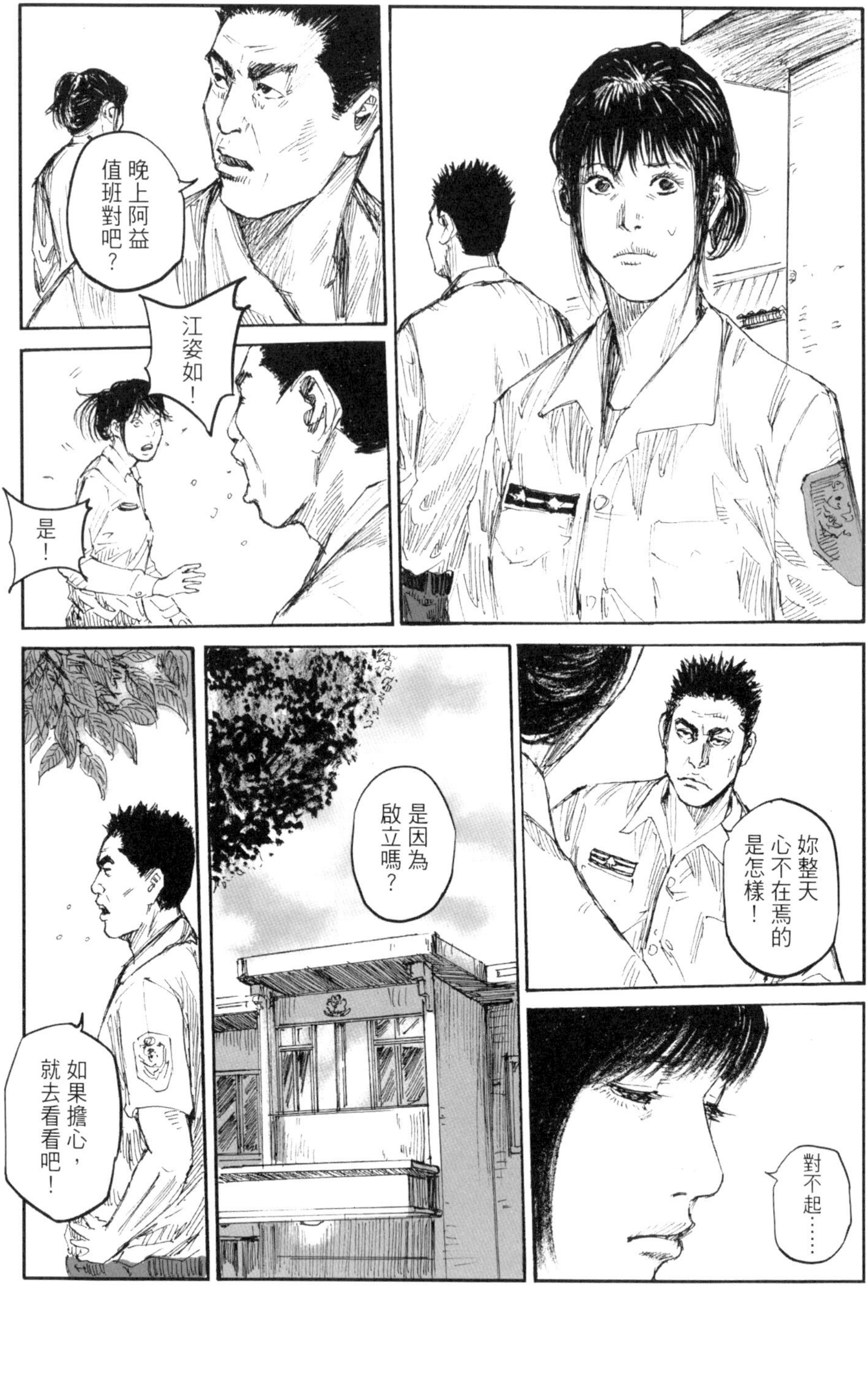
晚上阿益值班對吧?
江姿如!
是!
妳整天心不在焉的是怎樣!
對不起……
是因為啟立嗎?
如果擔心,就去看看吧!

老實說，我也搞不懂所長為何要告訴啟立。
偏偏在他假釋期快結束的時候……
去看看吧。
如果可以，最好是跟著他。
啟立是脾氣很好的人，
這樣的人總是吞忍，所以一旦超過忍受的臨界點，是無法預判的可怕。
妳應該比我清楚……

729

沒事了……
妳以後不用躲衣櫥了。

呼！
呼！
呼！

呼！呼！
啟立哥……
你在家嗎……

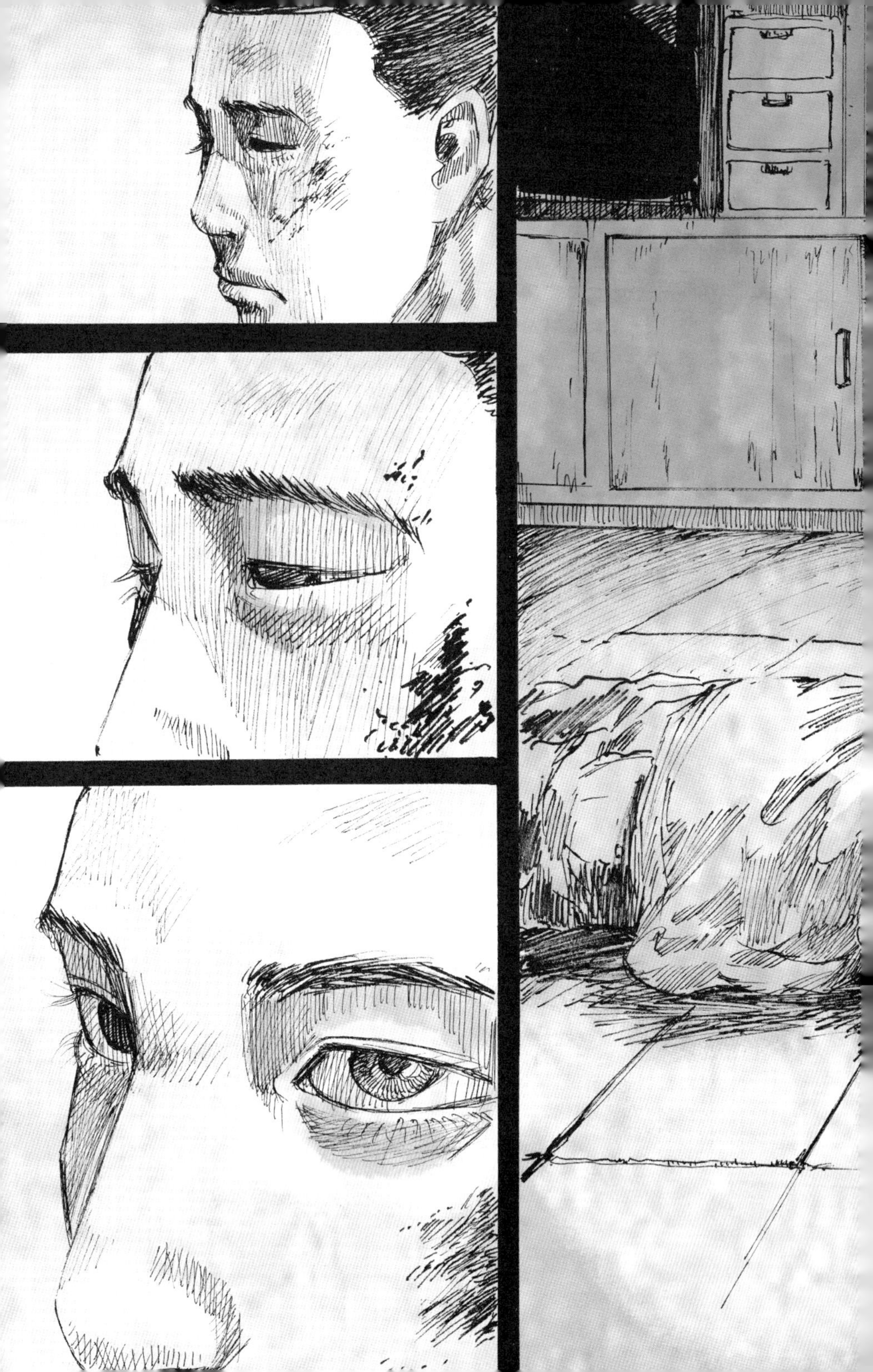

呼！
呼！
呼！
呼！
呼！
呼！

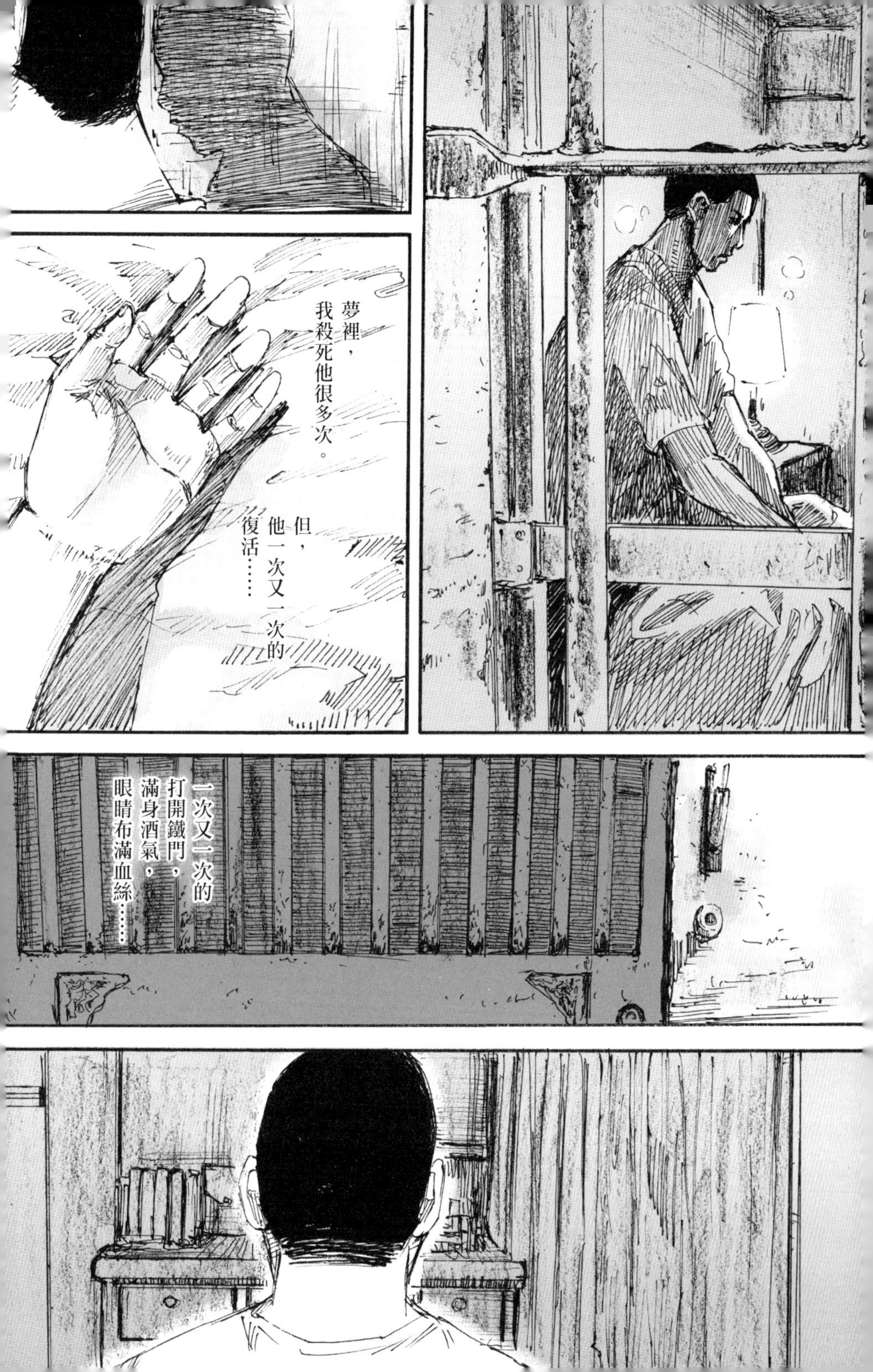
夢裡，
我殺死他很多次。
但，
他一次又一次的
復活……
一次又一次的
打開鐵門，
滿身酒氣，
眼睛布滿血絲……

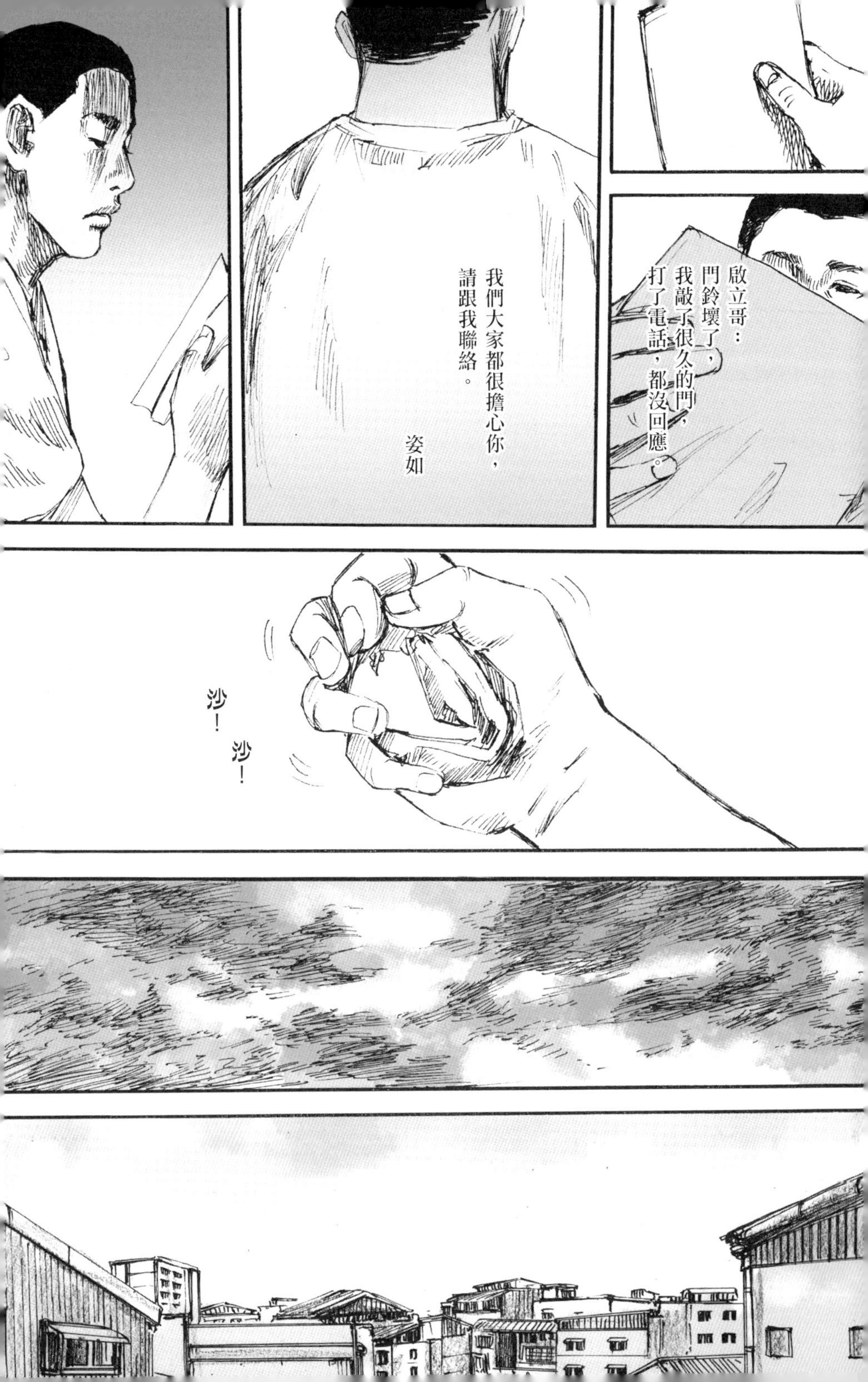
啟立哥：
門鈴壞了，
我敲了很久的門，
打了電話，都沒回應。
我們大家都很擔心你，
請跟我聯絡。
姿如
沙！
沙！

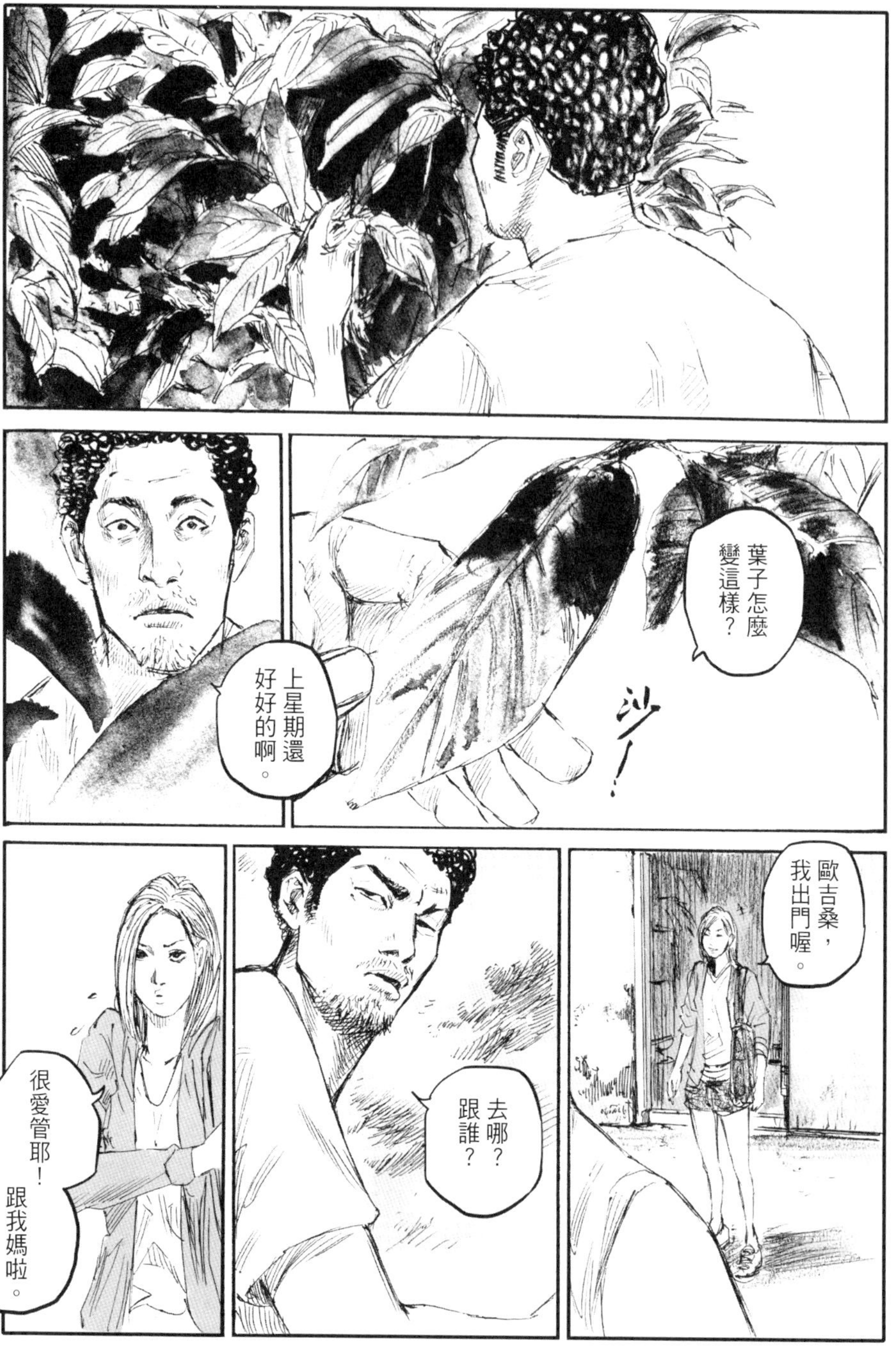
葉子怎麼變這樣？
沙！
上星期還好好的啊。
歐吉桑，我出門喔。
去哪？跟誰？
很愛管耶！跟我媽啦。

幾點回來？晚上要回來吃嗎？
噴！現在連餵貓都變成我的工作就是了！
再跟你說。
幫我餵小花喔，掰依——
實在是女大不中留。
上大學後，就不想留在家……

迎春迎福迎富貴
喵—

一個請假，一個去跟老母早午餐……
好啊！都走啊！
又不是沒有一個人獨處過，沒在怕的啦！
獨居老翁陳屍慘遭寵物啃食
新北市驚傳寵物狗啃食遺體
一名七旬林姓獨居老翁被人發現
陳屍屋內，更駭人聽聞的是，
遺體竟然慘遭自養犬隻啃食殆盡，
僅剩白骨一具，日前前往探視的里
長發現後，當下立刻報警處理。
警方初步研判，林翁死亡時間逾一個月
據調查，林男目前單身，平時雖獨居
樹林內，但家庭成員有兩個兄弟，截
為止未能
家人取得聯繫
對了！也許夢娜寄明信片來了。
喵嗚——
貴住户 敬啟
合法、專業、誠
慶云 生前契約
幹！

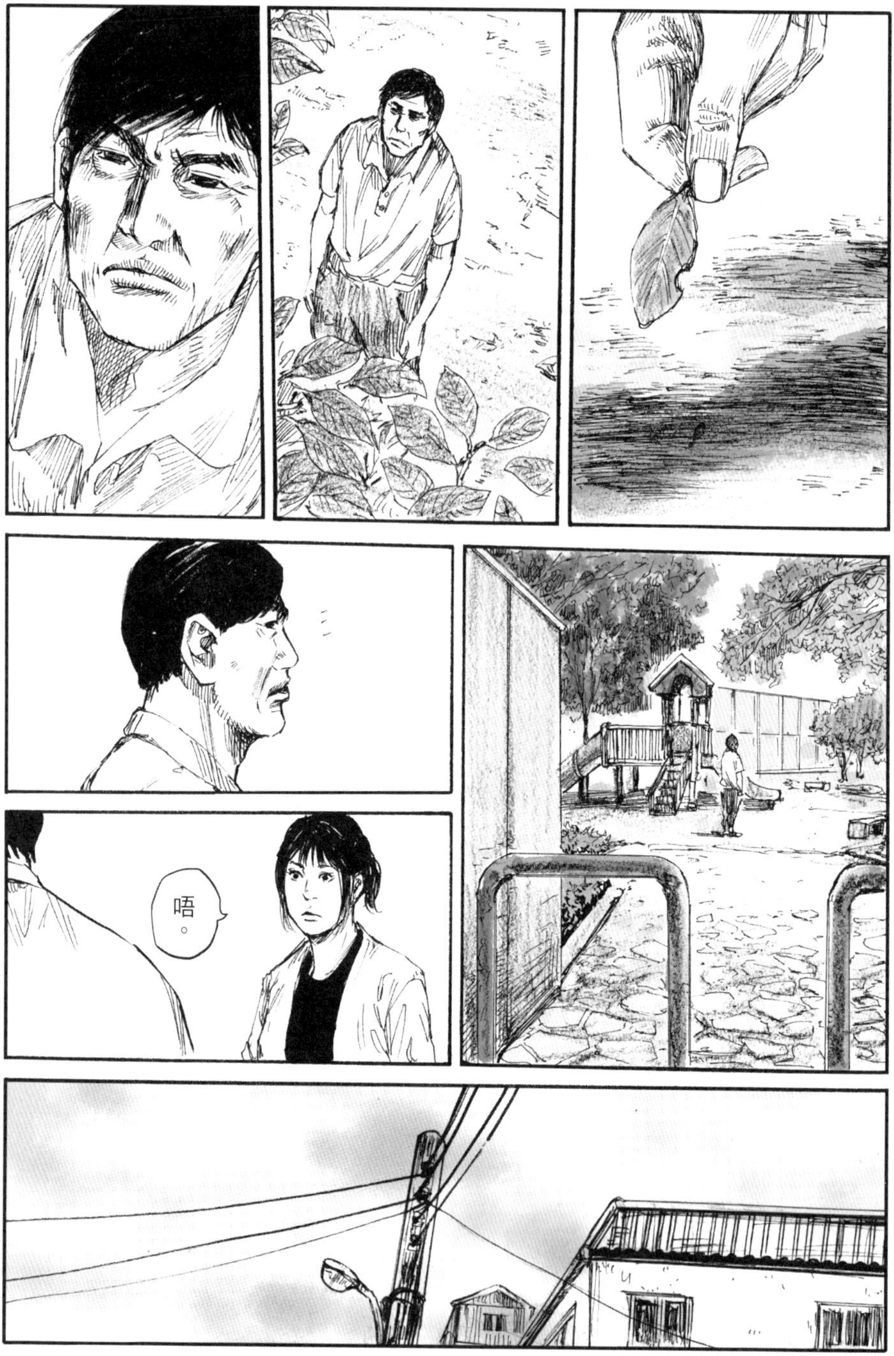
唔。

所長，你聯絡得到啟立哥嗎？
從昨天到現在都找不到他。
所長，為什麼？
明明可以選擇隱瞞，或等他假釋期滿再說。
為什麼要在第一時間告訴他？

難道你不會擔心嗎？
姿如，對不起。
我無法做到視而不見。

我也想過，
假如我能做到視而不見，
或許明遠、我妻子、
勇進、美娟、啟立，還有那些家庭……
就不會破碎。

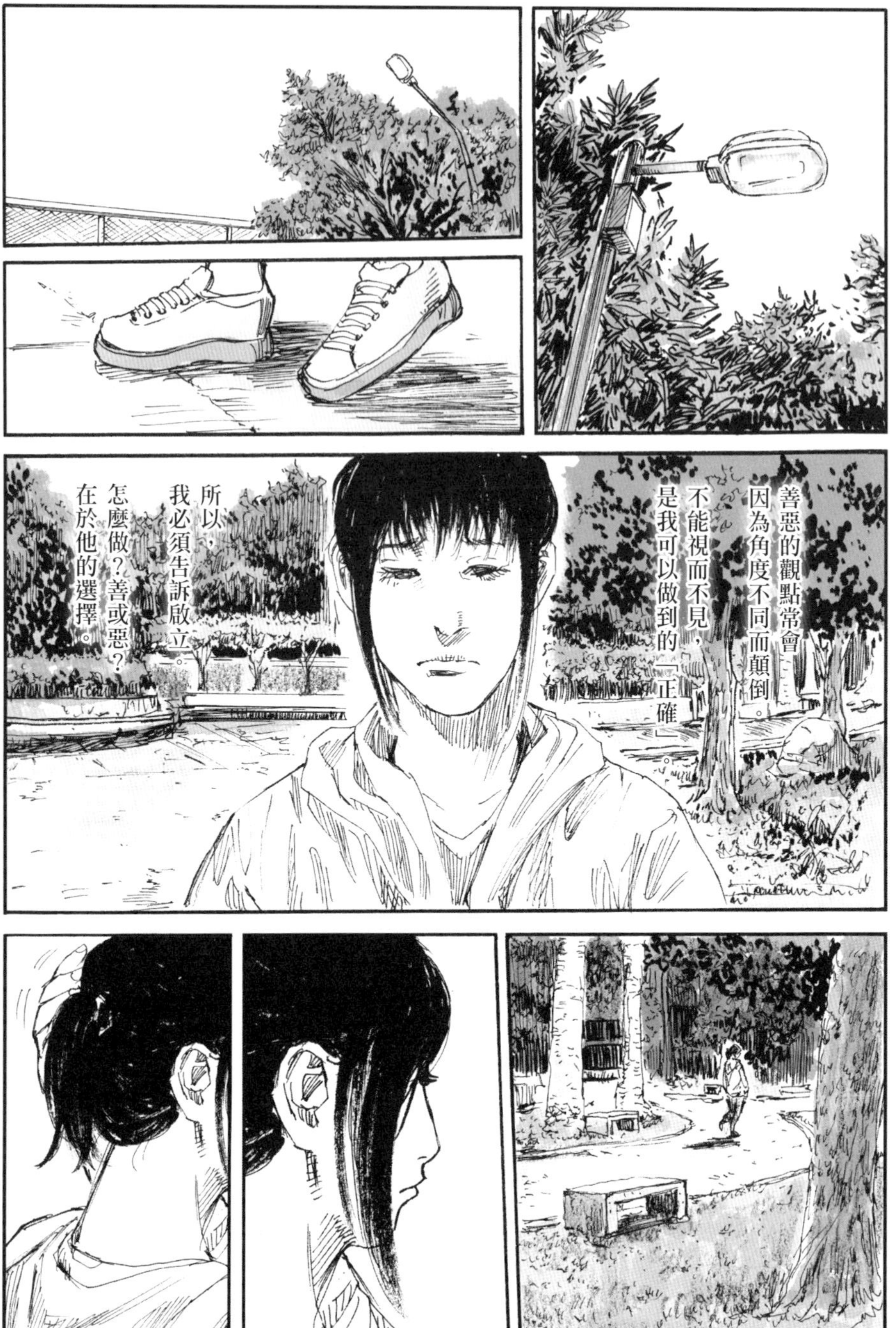
善惡的觀點常會
因為角度不同而顛倒。
不能視而不見，
是我可以做到的「正確」。
所以，
我必須告訴啟立。
怎麼做？善或惡？
在於他的選擇。

啟立哥，
我一定要找到你！

出國唸書？
是啊。
我的客戶看見我的新髮型，都一直問我是哪位知名設計師做的。
哈！誇張。
以妳的天分，我覺得要出去多看看世界，
只待在東華春會被埋沒。

我的意思並不是說東華春不好。
我是擔心妳眼界受限了。
明年我計畫出國拓展業務，至少待兩年。
我們可以一起出國。
之後看妳要留在國外發展，或是回來我們家開業，都可以。
我們家？

所以上次妳給我的鑰匙……
前年我跟房東拜託，把舊家買下來了。
嗯！是妳十八歲的生日禮物。
如果妳在老家開業，妳爸一定很開心。
鈴！
鈴！
歐吉桑
幹麼！

對不起，我要先走了！
發生什麼事？
歐吉桑送急診！
我載妳過去！
不用！騎車比較快！
我再打給妳。

請幫我結帳。
好的。
六號桌結帳了。
有需要幫妳打包嗎？
HAVE A HAPPY
Treat Mom
MOTHER'S DAY
BRUNCH
不用了，謝謝。
cafe

急診
玉蘭，這邊！
歐吉桑怎麼樣了？
應該是在廁所跌倒撞暈，手也骨折了。
現在等電腦斷層報告。
……
唰！
嗚嗚！怎麼會這樣……

陳阿玉蘭，妳怎麼在這邊？
妳不是在跟妳阿母一起吃早午餐。

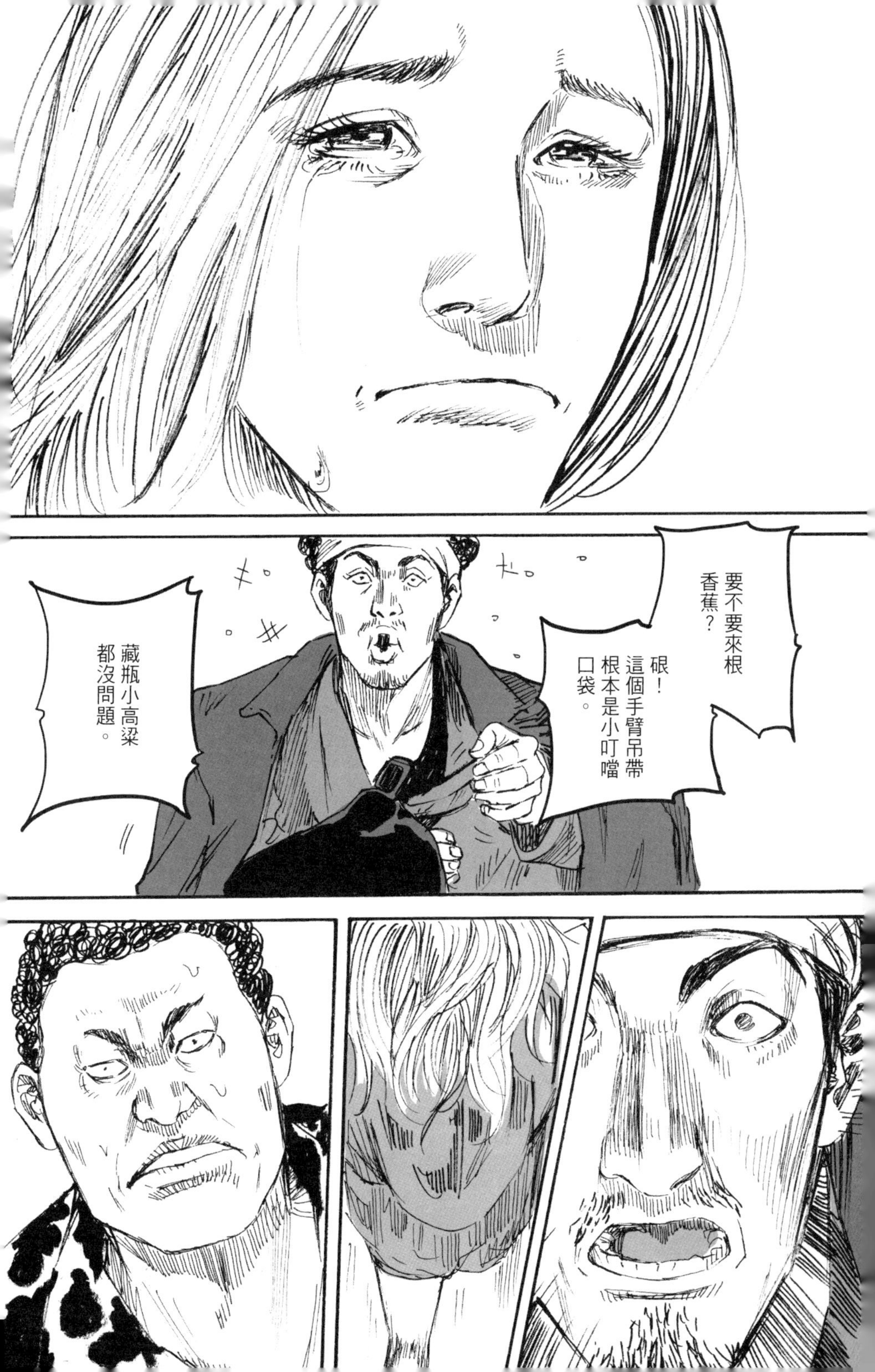
要不要來根香蕉？
硍！這個手臂吊帶根本是小叮噹口袋。
藏瓶小高粱都沒問題。

笨蛋……都四十歲了，連走路都走不好……
就大便腳麻咩——幸好我內褲穿好了，不然被鄰居看光光！
嘿嘿！
……好啦——沒事了啦。
這樣抱很肉麻耶——

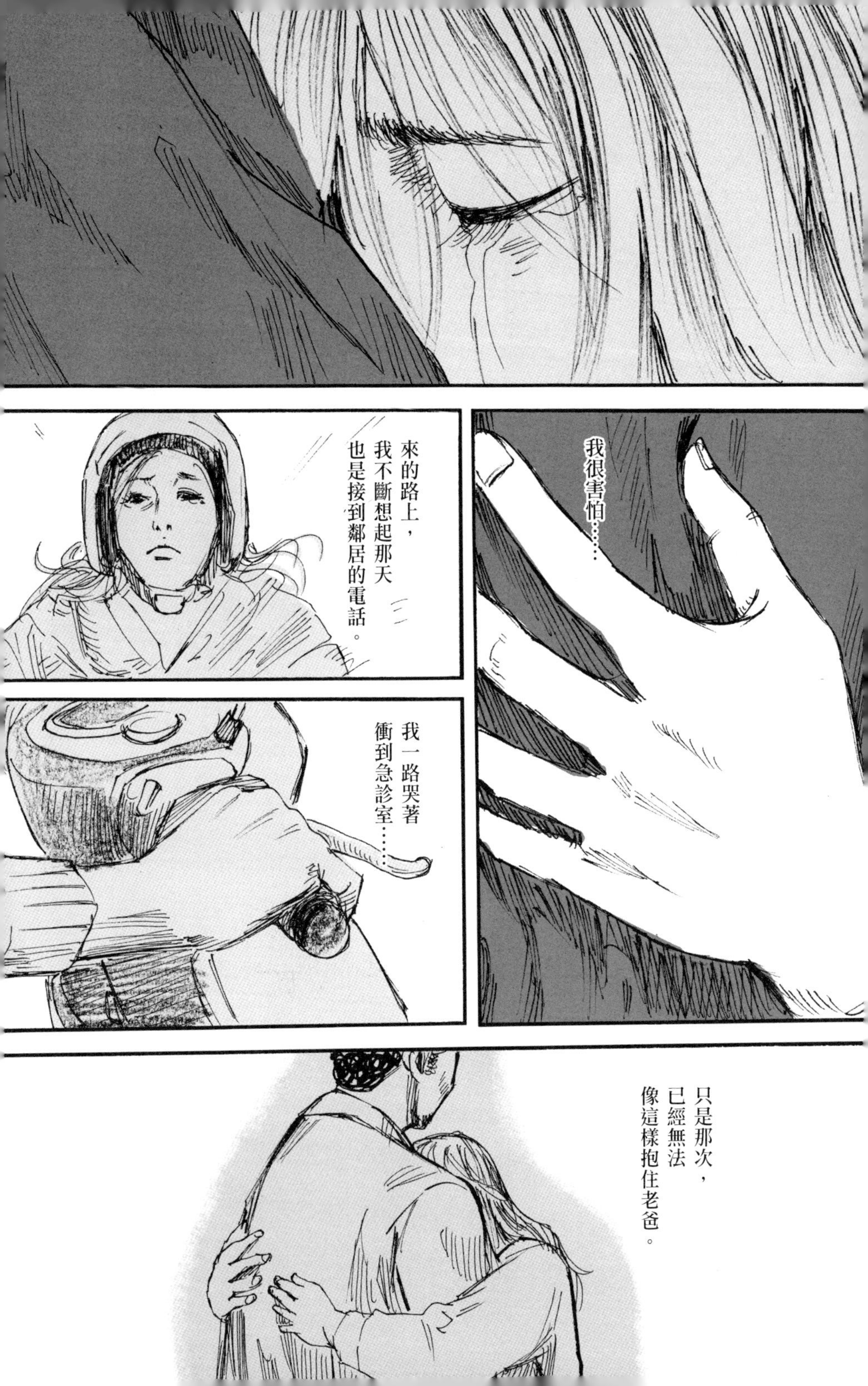
我很害怕……
來的路上，我不斷想起那天也是接到鄰居的電話。
我一路哭著衝到急診室……
只是那次，已經無法像這樣抱住老爸。

呃！
我們是兄妹，不是父女。
唔！我不是黑道……
我真的是她哥。
我真的不是黑道，我有良民證。
住院通知單
男
出生日期
(v)健保
民國61年10月11日
住院號碼 9527
檢查結果：有輕微腦震盪，需要住院觀察三天。
係
兄妹

人長得還不錯，字怎麼這麼醜
唔！
果然被玉蘭料中，你會偷抽菸！
給我搜！身上能藏菸的地方，都給我搜清楚！
請配合一下⋯腳與肩同寬，雙手放圍牆。
哏！你們是被林則徐附身喔！
對了！聯絡到啟立沒？
沒耶，他又沒手機。
奇怪？平常不會消失一整天啊⋯⋯
啊！我屁股沒藏啦！

院方說，早上啟立就把人接走了。
警察
POLICE
因為是親屬，所以也沒多問。
了解。
姿如，要記得妳的身分是警察。分寸要拿捏。
我知道。

不過我記得學長說過，
身為警察，不全然是為了事後逮捕，
也要盡可能去防止事件的發生。
……我說過這麼熱血的話嗎……
阿益好好值班！我去巡邏。
是！

對！就是這條巷子……一到傍晚，我老婆就會打開樓下的燈。

請上二樓
服衣號鍊改學拉修綉換
嗚嗚……這塊招牌，是我跟老婆一起釘上去的。
……
嗚嗚嗚……
走吧，你家人在等你。

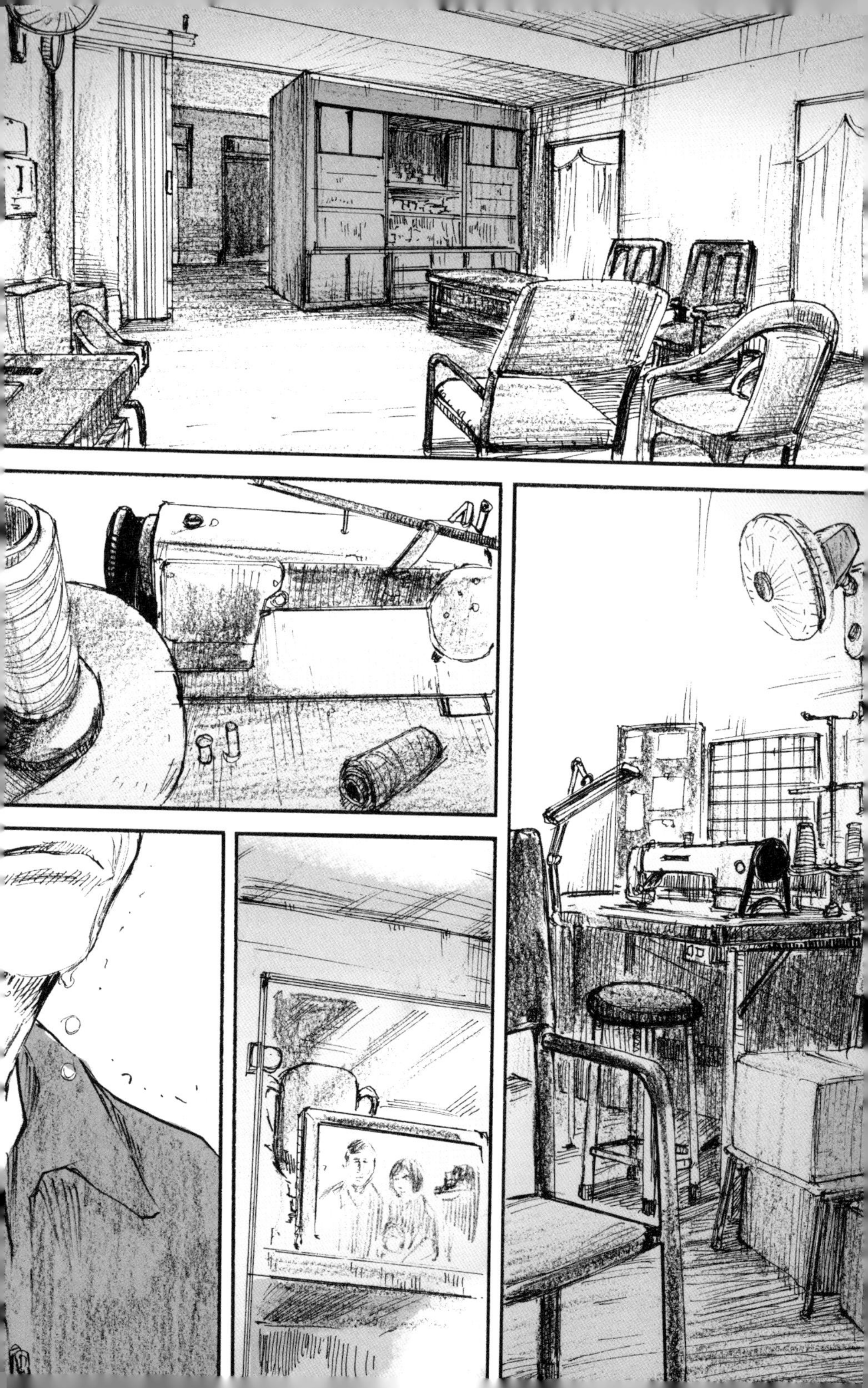

……我……
我回來了……
美娟！啟立！
我回來了！
你們在哪？
我回來了！

美娟跟啟立他們呢？
在回家的路上。
你坐一下，喝杯茶等他們。
謝謝！

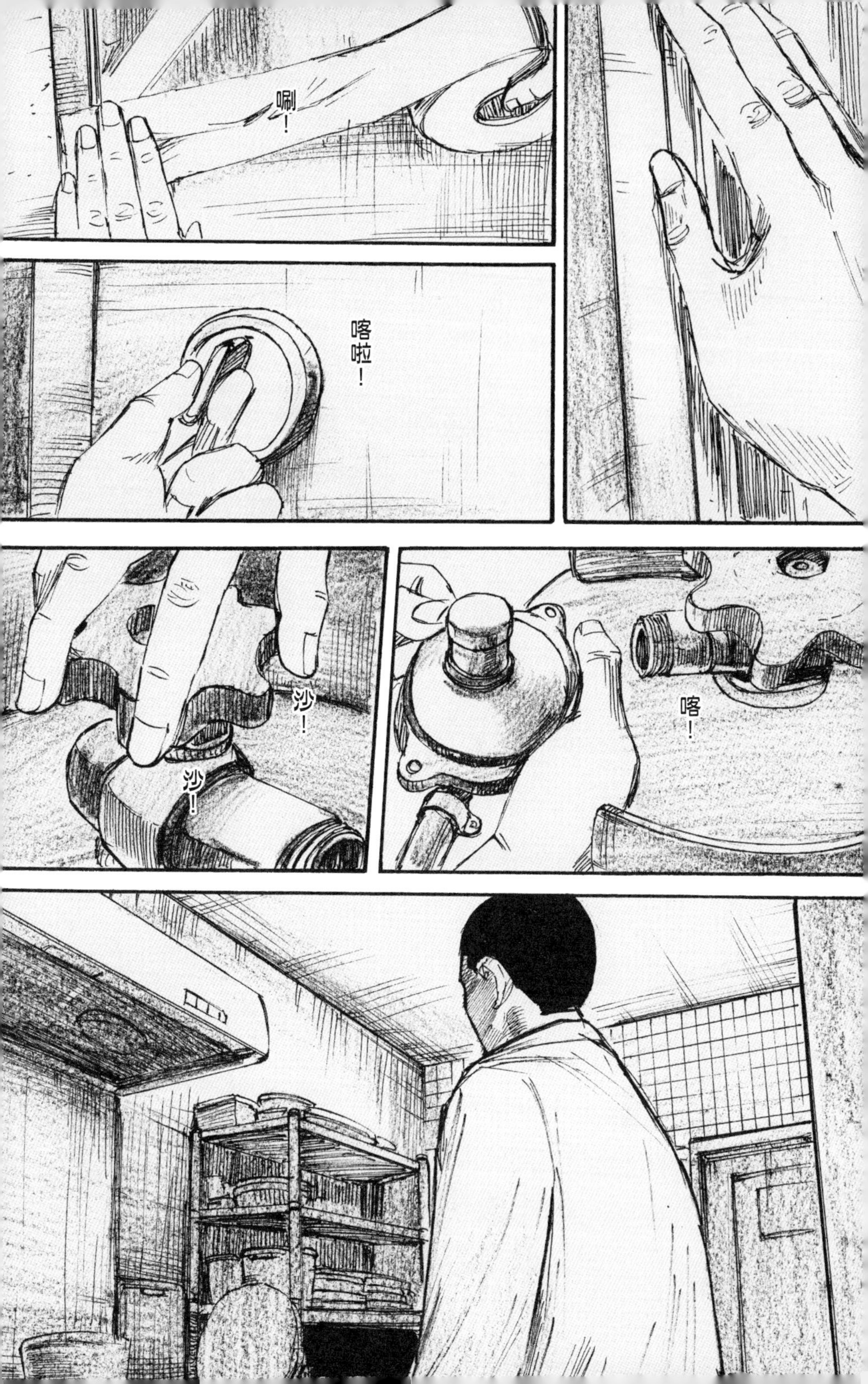
唰！
喀啦！
沙！
沙！
喀！

先喝茶，等一下再看。
喔！謝謝你。
社工先生，你手臂刺的是數字？
07129

0729
是數字，也是日子。
你想聽關於它的故事嗎？
沙沙沙！

人生如戲
過程猶如
空中之音
相中之色
水中之月
鏡中之象
虛實真假
戲如人生

十三元

大樹下滷肉飯

金花嬸跌倒後，就改作小吃攤。每到傍晚，她家都會飄出滷肉香。
那味道很像我媽滷的焢肉。
每天下工，爬上頂樓，都有一種回到家的感覺。
她外婆都叫她阿如。
話很少，沒看過她跟同齡的小孩一起玩。
放學就待在攤子，寫功課，收拾客人的碗筷。
唯一的玩伴就是這隻叫小四的狗。
明晚有空嗎？外婆說冬至要請你吃湯圓。
可是工廠要加班，回來都十點多了。
幫我謝謝她，不用麻煩了。
喔。
0729
我發現她都會偷看我刺在手臂上的日期。
日期之於每個人都有它的意義。
我沒問她，她也不曾好奇的問我。

天國近了
冬至快樂
外婆說瓶子
幹！以為搬家恁爸就找不到嗎！
你這畜生！害死我女兒，還想害阿如！
嗚嗚！外婆！我不要走……
……

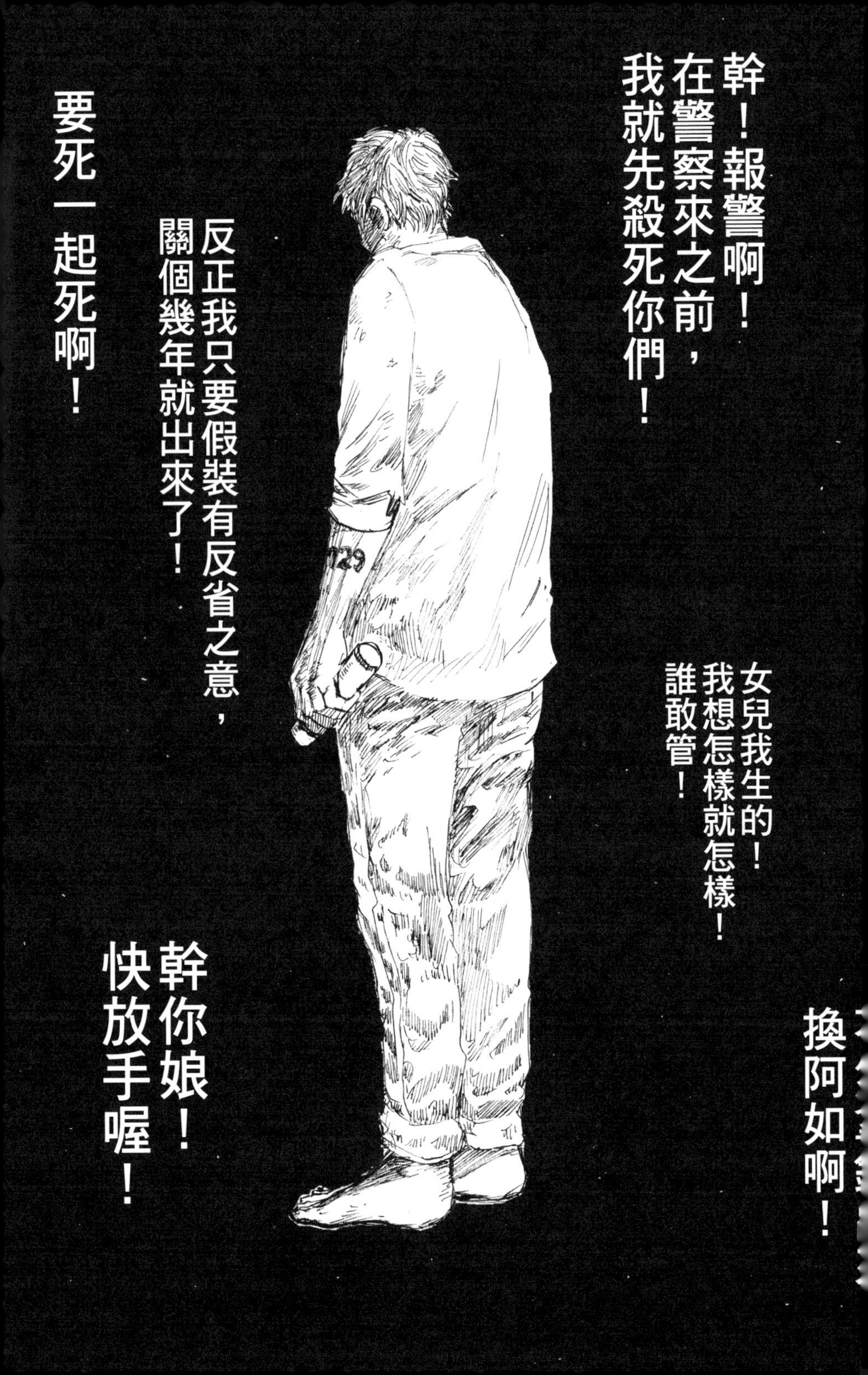
幹！報警啊！
在警察來之前，
我就先殺死你們！
女兒我生的！
我想怎樣就怎樣！
誰敢管！
換阿如啊！
反正我只要假裝有反省之意，
關個幾年就出來了！
幹你娘！
快放手喔！
要死一起死啊！

嚓！
幹你娘！你誰啊！
幹！找死啊！
老鼠……
一定要殺死，否則會再跑回來……

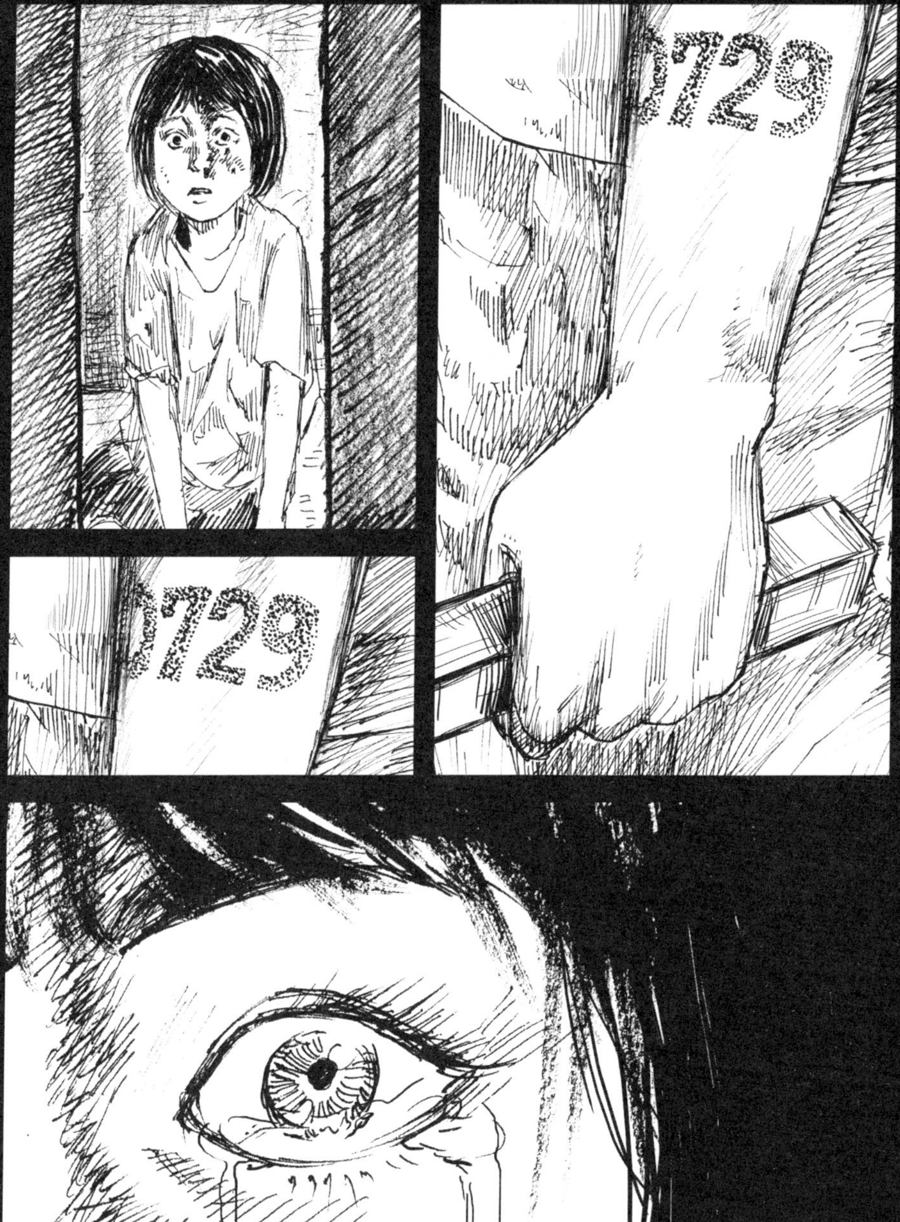
729
729

小四，你剛剛也有看到吧。
那個餵你的人，手臂上刺的數字。
是媽媽的生日。

妳戶籍在台南，怎麼會想申請調派這裡？
察
POLICE
學長，那是我舅公家。
我逢年過節才回去。
喔！那是因為這裡有認識的人？
呃……
也不是很熟，我甚至不確定他是否還記得我。
不過對我來說，他是很重要的人。

CUT.3 線

東華春理髮廳

咕嚕！
咕嚕！
阿姨謝謝妳的救命之恩！
我已經因為沒繡學號，連續三天被罰半蹲了。
以後妳來東華春做頭髮都半價！
哈！你太誇張了。
不過你可以幫我一個忙。

巷子路燈壞了，你陪啟立去刀神那邊拿東西。
媽，我可以自己去啦。
O的K！
那就一起走，順路。
等一下。
你別擔心，爸爸說他戒酒了，而且不會再碰。
他說為了我們，他會重新振作。

他說好久沒有全家一起出去玩了，
等一下我們可以邊吃飯邊討論。
嗯！
幹麼？
七月 29
借你用，你不是超怕黑又怕鬼。
靠北！哪有啦！
29

總共七百二十九元。
729
我第一次看客人都選藍玫瑰。
因為我老婆很喜歡藍色。

進哥！
你出來囉！
哈！阿義、阿德！
大家久別重逢，幹麼那麼客氣還買花。
哭枵！這是送我老婆的啦！
你們早我一年出來，過得還好嗎？
就從頭開始啊，只求三餐溫飽。
進哥有什麼打算？
如果要去蓋唐治國布袋，要揪喔！

過去的，就讓它過去。
我跟他的恩怨難分，不想再浪費時間去計較。
我決定搬家，找個陌生的環境，一家人重新開始。
到巷口了，我家人在等我吃飯。
改天再約吧。
進哥！你跟他感情好到嫂子被他睡都沒差嗎！
呃……

幹！你恬恬啦！沒證據別亂講！
又不只是我！附近鄰居都在傳啊！
唐治國三天兩頭就往進哥家跑，沒有鬼嗎？
幹！他害進哥被關又去他家！這樣對嗎？
夠了啦！你很白目耶！
阿德，
把你看到的、聽到的都告訴我……

誰那麼浪費，把花丟在這？
帶回去拜神明……
請勿停車

勿停車

我搞不懂，
為何媽媽每次被他打傷後，
還能一再的原諒他？
好像衣服被勾破後，
又把它補起來。
他老是說很愛我們，
可是酒醉後又亂發脾氣亂打人。
我也不懂，

媽媽說，
爸爸腦袋裡住著一種病，
讓他時好時壞。
神愛世人
可是，有病的人，
傷害別人就可以被原諒嗎？
其實我不希望他回來，
也很害怕……
可是，
我也不想讓媽媽傷心。

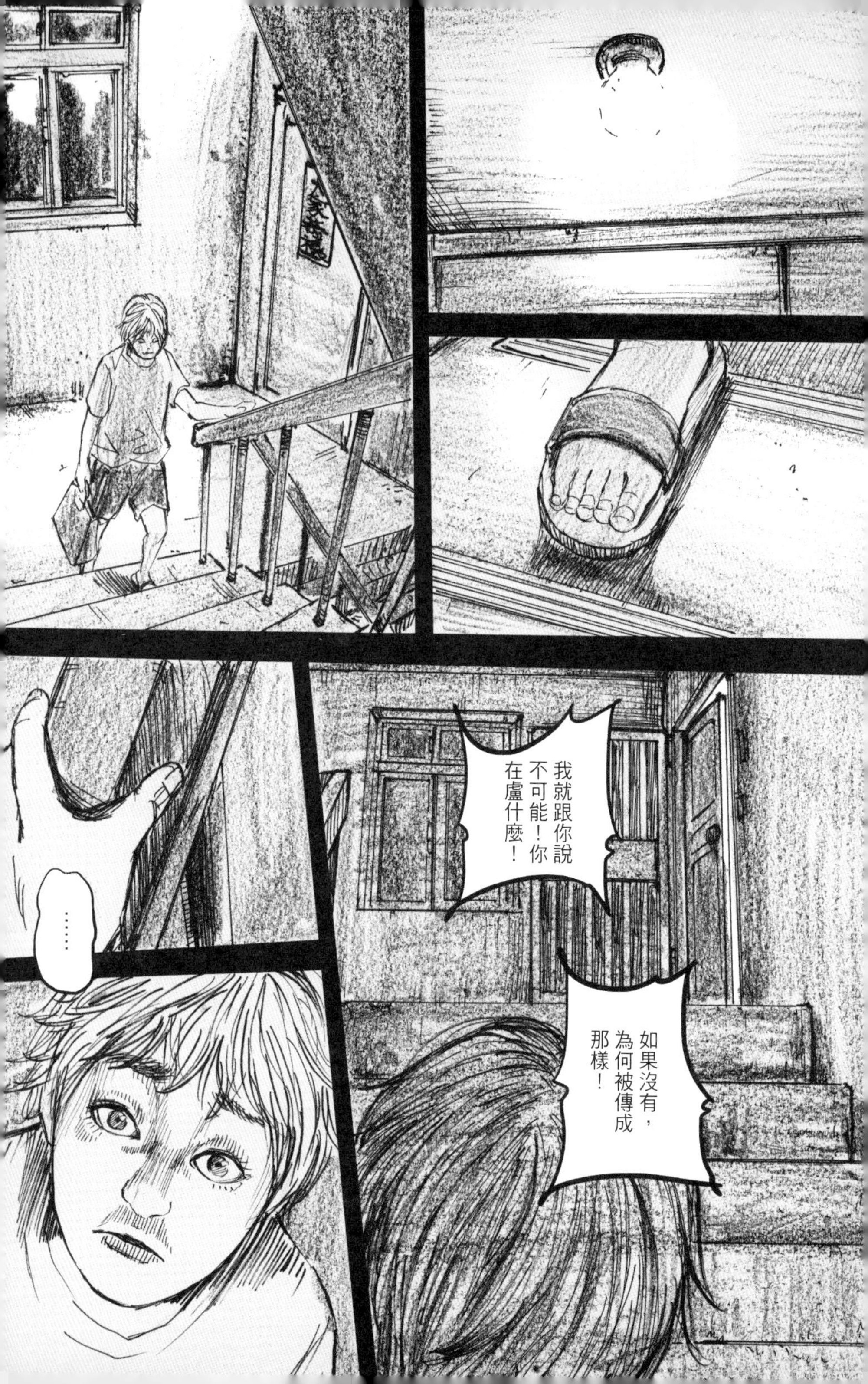
我就跟你說不可能！你在盧什麼！
如果沒有，為何被傳成那樣！
……

你寧願相信那些酒肉朋友，也不願相信我！
那些人有證據嗎？有親眼看見我跟他亂來嗎？
賤女人！被講成這樣不檢討自己，還想被看見嗎？
對！我就是賤！下賤在這守活寡！還被誣賴！
我如果夠賤，早就帶著啟立離開了！

大家都知道是唐治國害我被關！妳還讓他進門！換做我，妳會怎麼想？
就算妳要討客兄，去路上隨便抓啊！

你被關，是因為你貪汙收賄！你要怪誰！
這幾年我們母子怎麼過的，你有過問嗎？
有關心過我們受到的委屈嗎？
你電話中不是答應我馬上回家？
結果咧！一進門就發酒瘋！還誣賴我討客兄！

我受夠了！離婚吧！
啟立一回來，我就帶他走！你要怎麼發瘋隨便你！
我不准！
我那麼愛你們，你們不准走！
我收那些錢，還不是為了讓你們過上更好的日子！我有錯嗎？

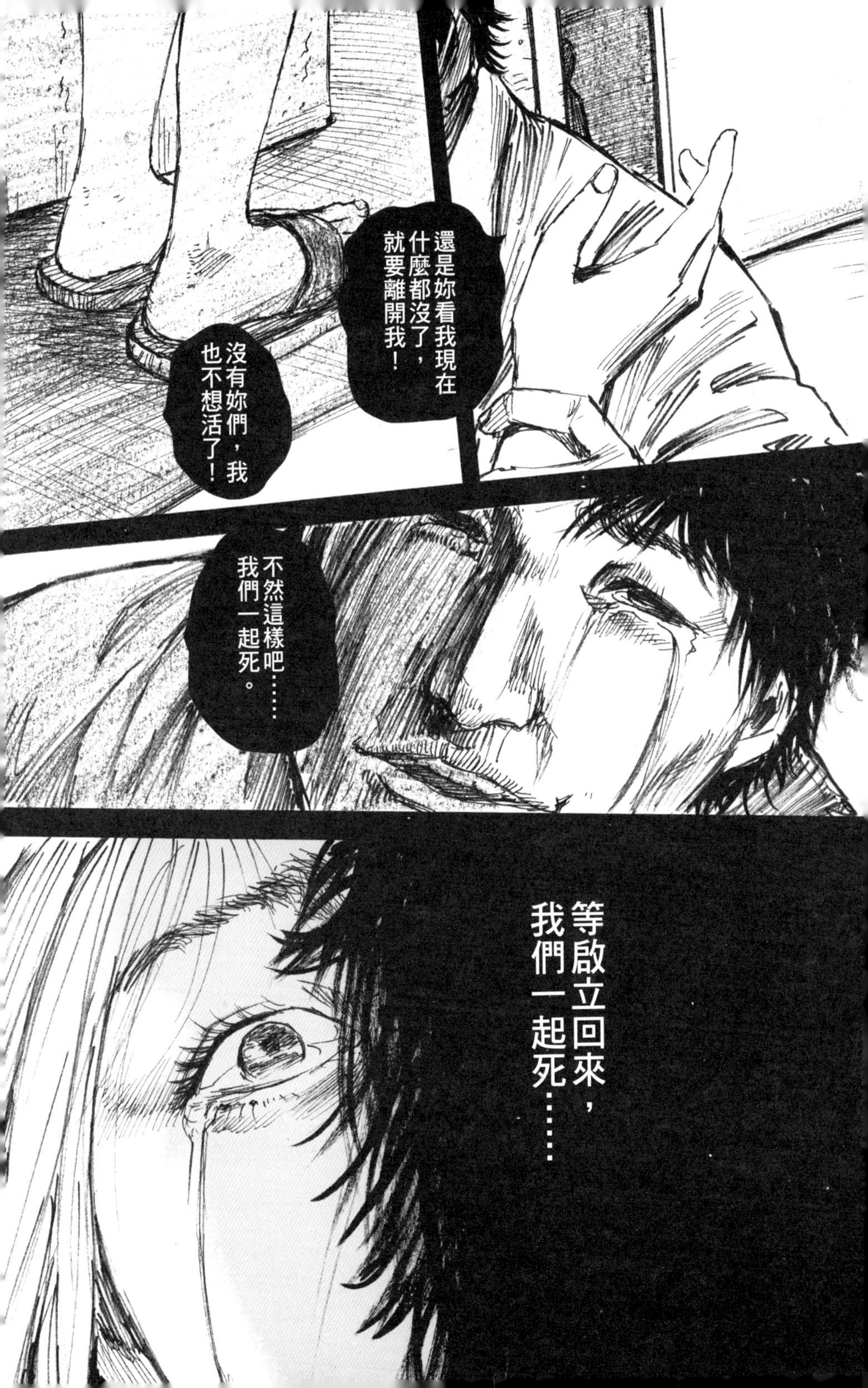
還是妳看我現在什麼都沒了，就要離開我！
沒有妳們，我也不想活了！
不然這樣吧……我們一起死。
等啟立回來，我們一起死……

嗚嗚……

啟立……
你就這麼恨爸爸嗎……

爸爸真的很愛你跟媽媽……
可是你們卻要離開我……為什麼……

為什麼會變這樣……
啟立快跑！
快跑啊！
嗚嗚……媽媽……
放手！你們都不准離開！

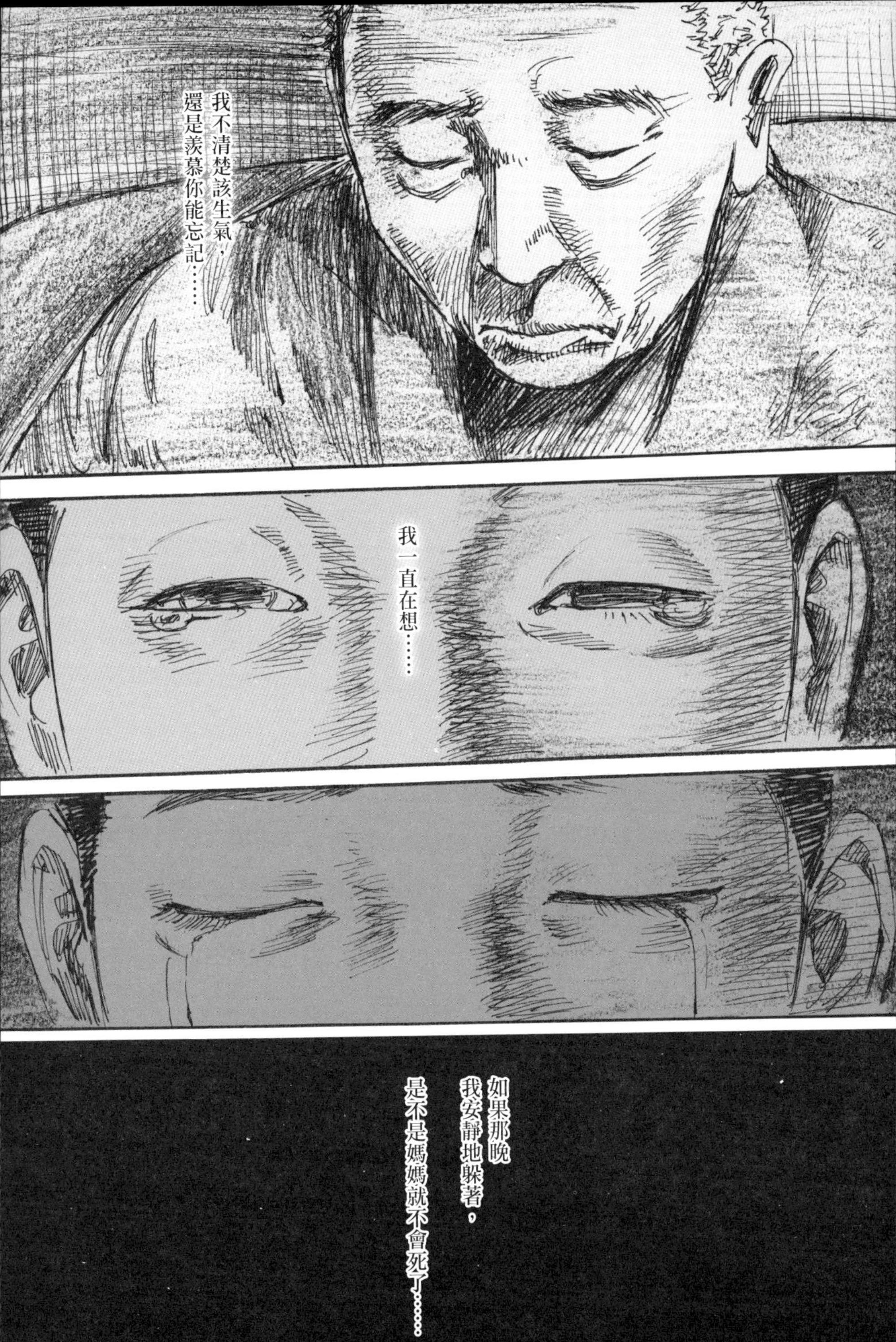
我不清楚該生氣，
還是羨慕你能忘記……
我一直在想……
如果那晚
我安靜地躲著，
是不是媽媽就不會死了……

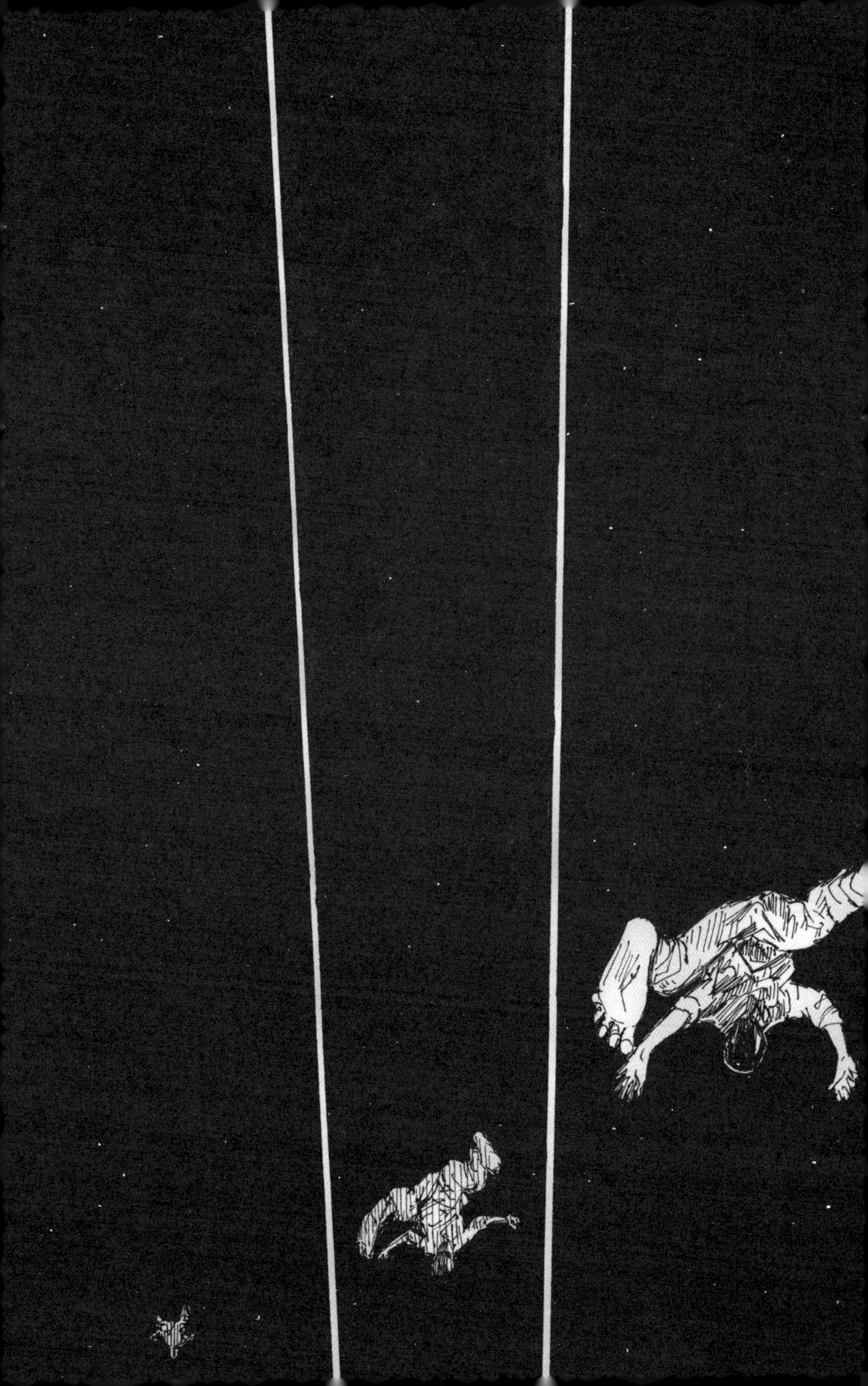

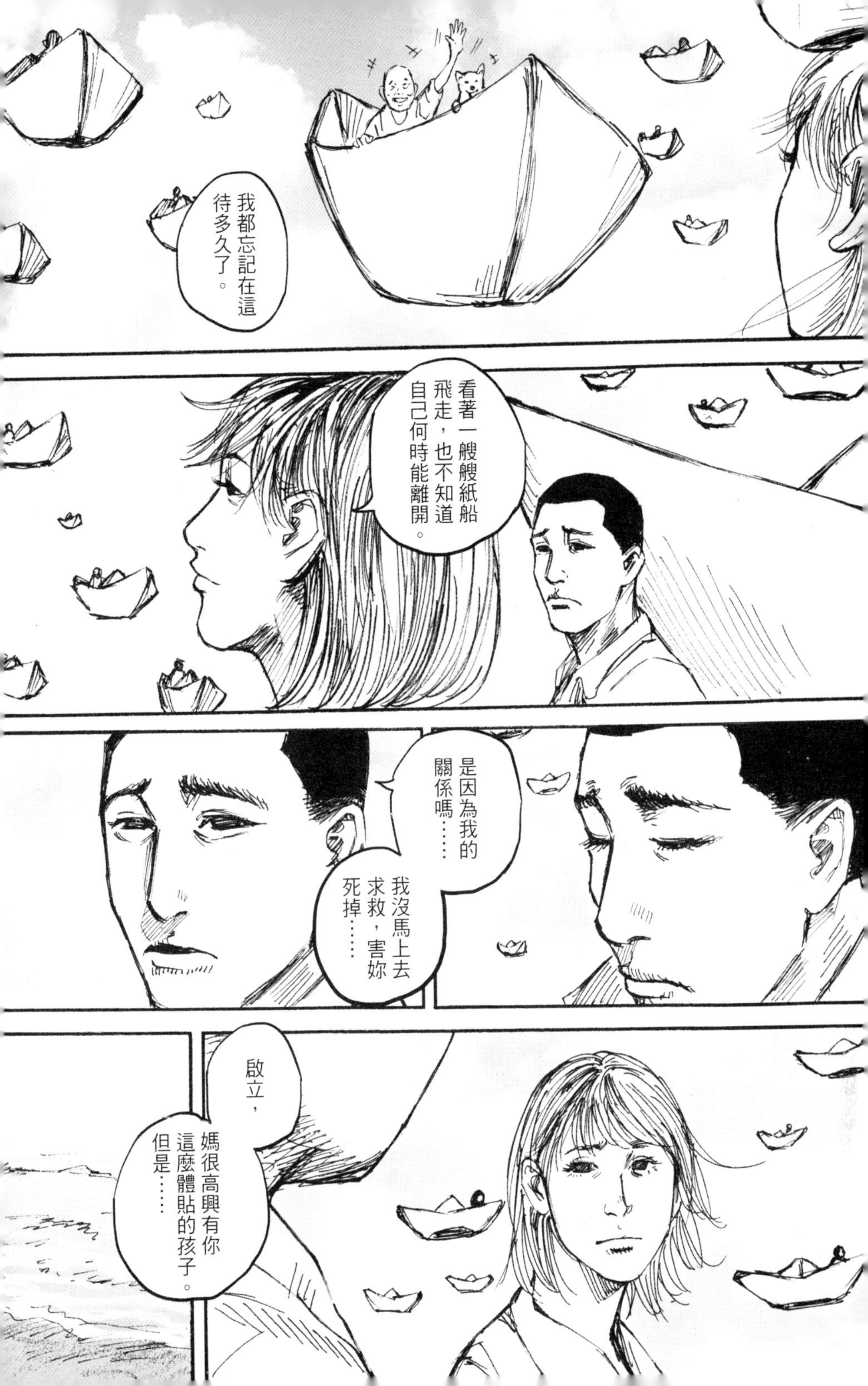
我都忘記在這待多久了。
看著一艘艘紙船飛走，也不知道自己何時能離開。
是因為我的關係嗎……
我沒馬上去求救，害妳死掉……
啟立，
媽很高興有你這麼體貼的孩子。但是……

看你每次都把錯歸咎在自己身上，我真的很難過……
不管是被人欺負，或是面對爸爸的暴力……
啟立對不起……媽媽沒有好好保護你……
嗚嗚……
不！是我沒有保護媽媽……
所以那天妳才會死掉……

落！
落！

嗚嗚……原來……
原來你一直認為我的死，是你造成的……
這個念頭，你一直繫著……
所以，我才沒有離開……
嗚嗚！如果我沒有先傷害爸爸……也許他就不會……

啪！
嗚嗚……
我怎麼會忽略這條線……
對不起，媽媽讓你痛苦那麼久……
媽！
媽……

媽，我不想要妳走……
妳可不可以不要離開……
嗚嗚！啟立，媽也捨不得你……
可是我們都必須放手了……

啟立，答應媽媽
你會好好的。
唔……

要好好的喔。

FOR YOUR HAPPY Time
orion
台灣，在那個方向吧……
啟立哥到沖繩了沒？

嗯！他傳訊息說到民宿了。
喔喔喔！啟立哥辦手機了！
雖然他已經假釋期滿，
不過我騙他說要定時跟我回報。
姿如壞壞，利用職務之便滿足私慾！
哪是啦！
別假仙，大家心照不宣喔。
不過幸好有妳，才能及時救到他。
我們也才知道，原來他被躁鬱症困了十幾年。

他是我見過最溫柔的人。
雖然自己遇過那麼糟的事，還可以溫柔對人。
我代表全鎮一致通過。
那妳呢？要跟媽媽出國嗎？
嘖！就很煩啊。
假釋期滿，啟立哥也會有自己的打算吧？
我一走，那個老、弱、窮、殘的歐吉桑怎麼辦？
哈啾！

雲好像著火了。
有颱風要來了吧。
芳華
我記得，外婆說過。

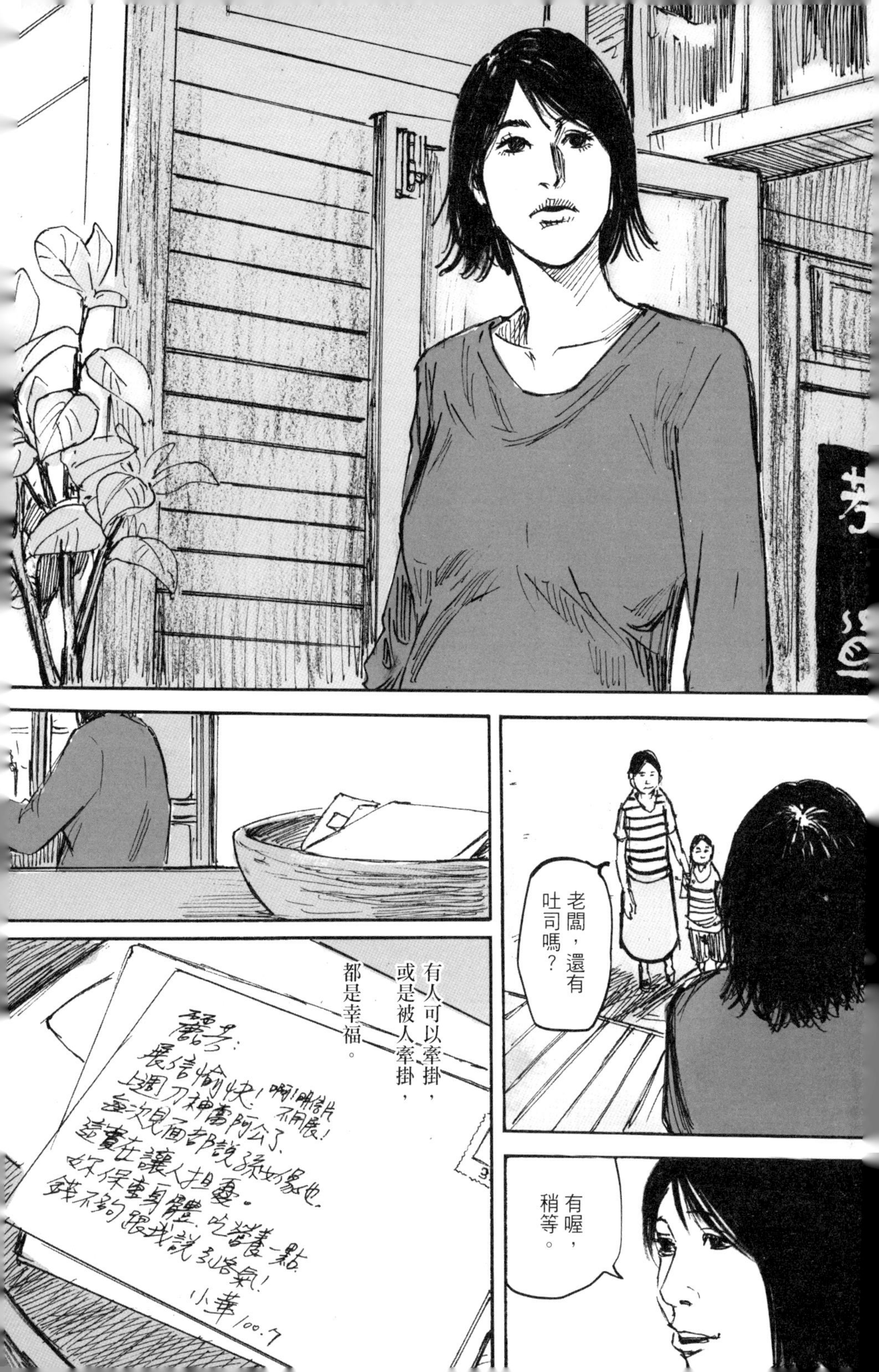
老闆，還有吐司嗎？
有喔，稍等。
有人可以牽掛，或是被人牽掛，都是幸福。
麗芳：
展信愉快！
每次見面都說孫女像他。
這實在讓人擔憂。
好好保重身體，吃營養一點
錢不夠跟我說別客氣！
小華 100.7

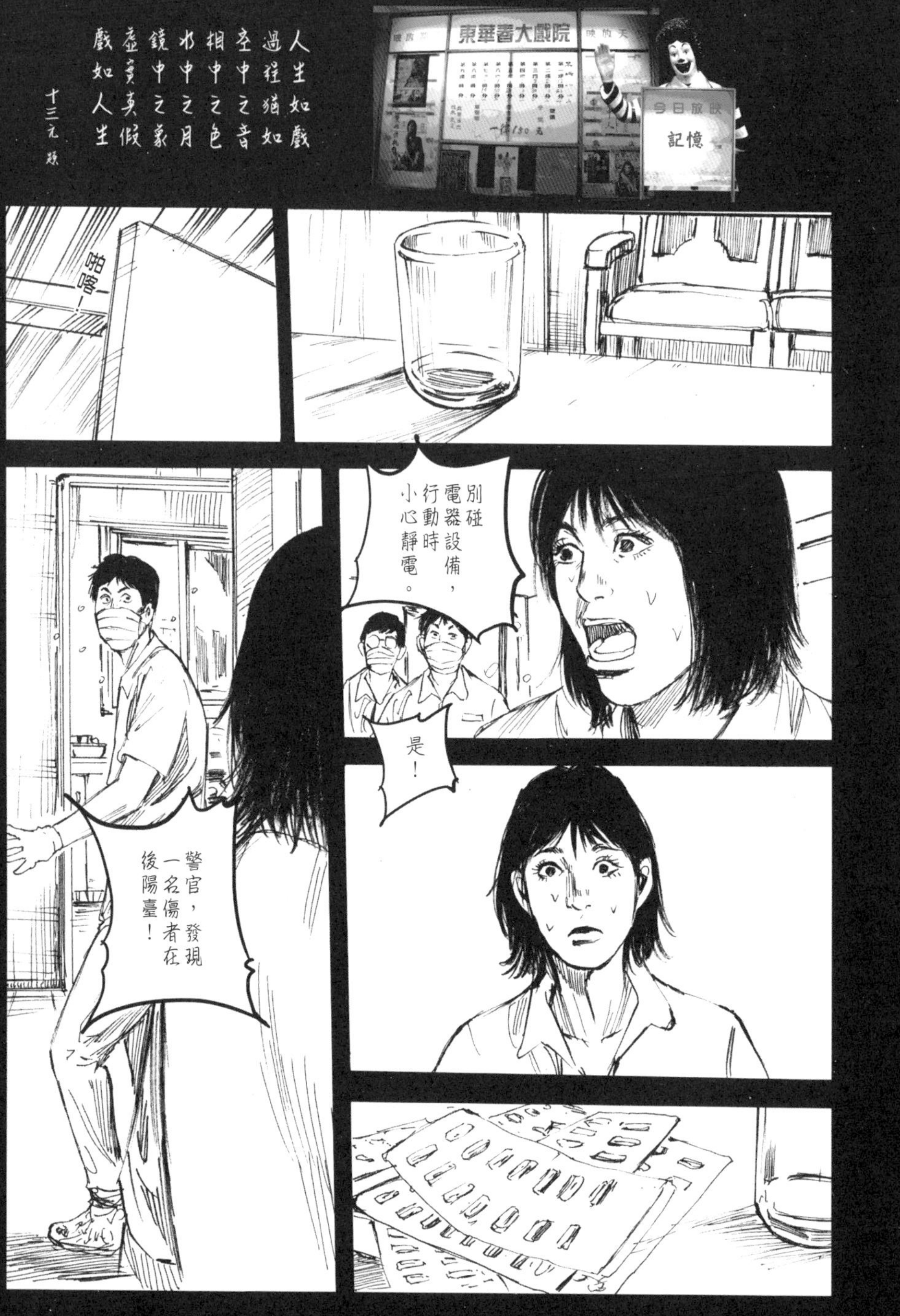
人生如戲
過程猶如
空中之音
相中之色
水中之月
鏡中之象
虛實真假
戲如人生
十三元題
東華春大戲院
今日放映
記憶
啪喀！
別碰電器設備，行動時小心靜電。
是！
警官，發現一名傷者在後陽臺！

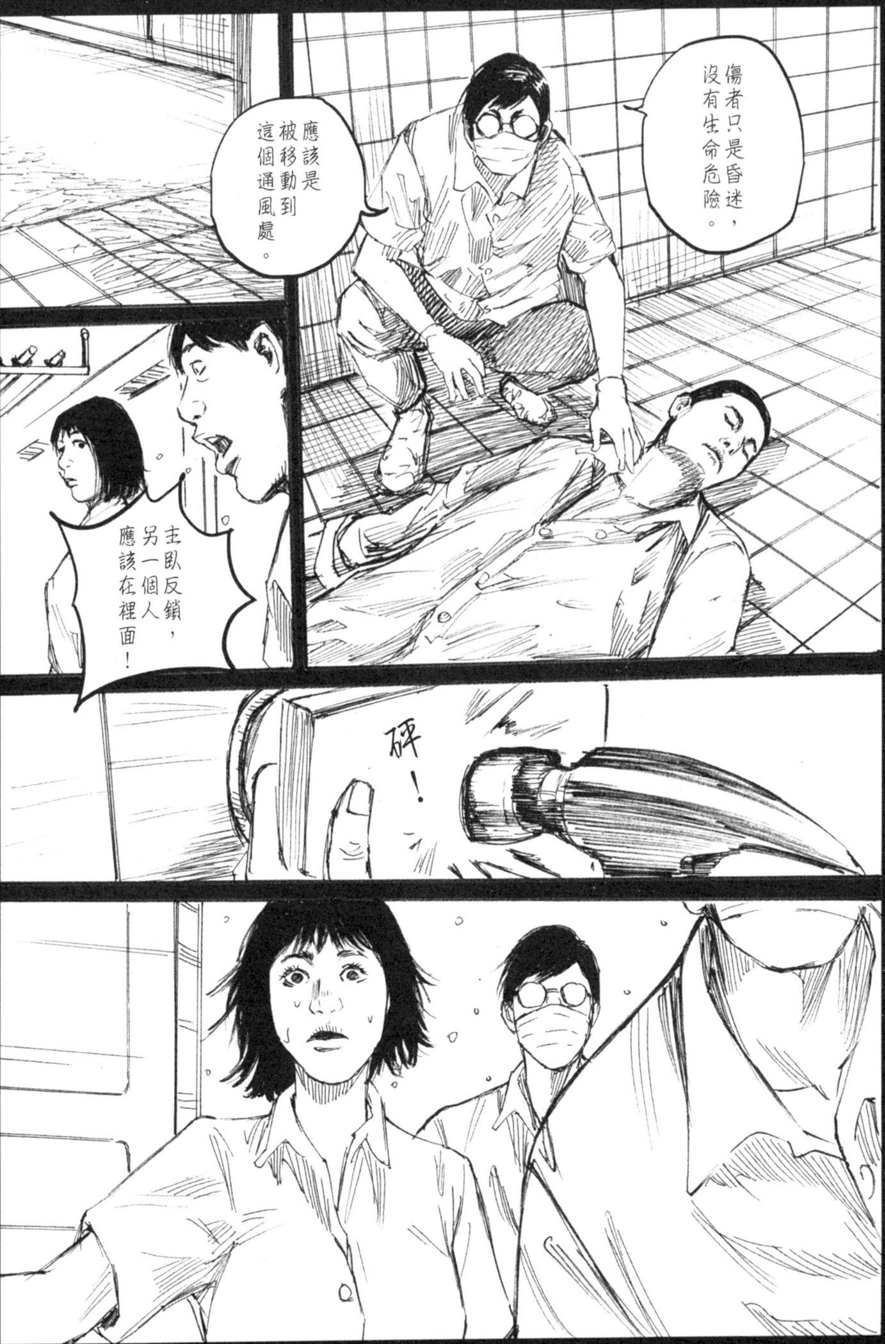
傷者只是昏迷，沒有生命危險。
應該是被移動到這個通風處。
主臥反鎖，另一個人應該在裡面！
砰！

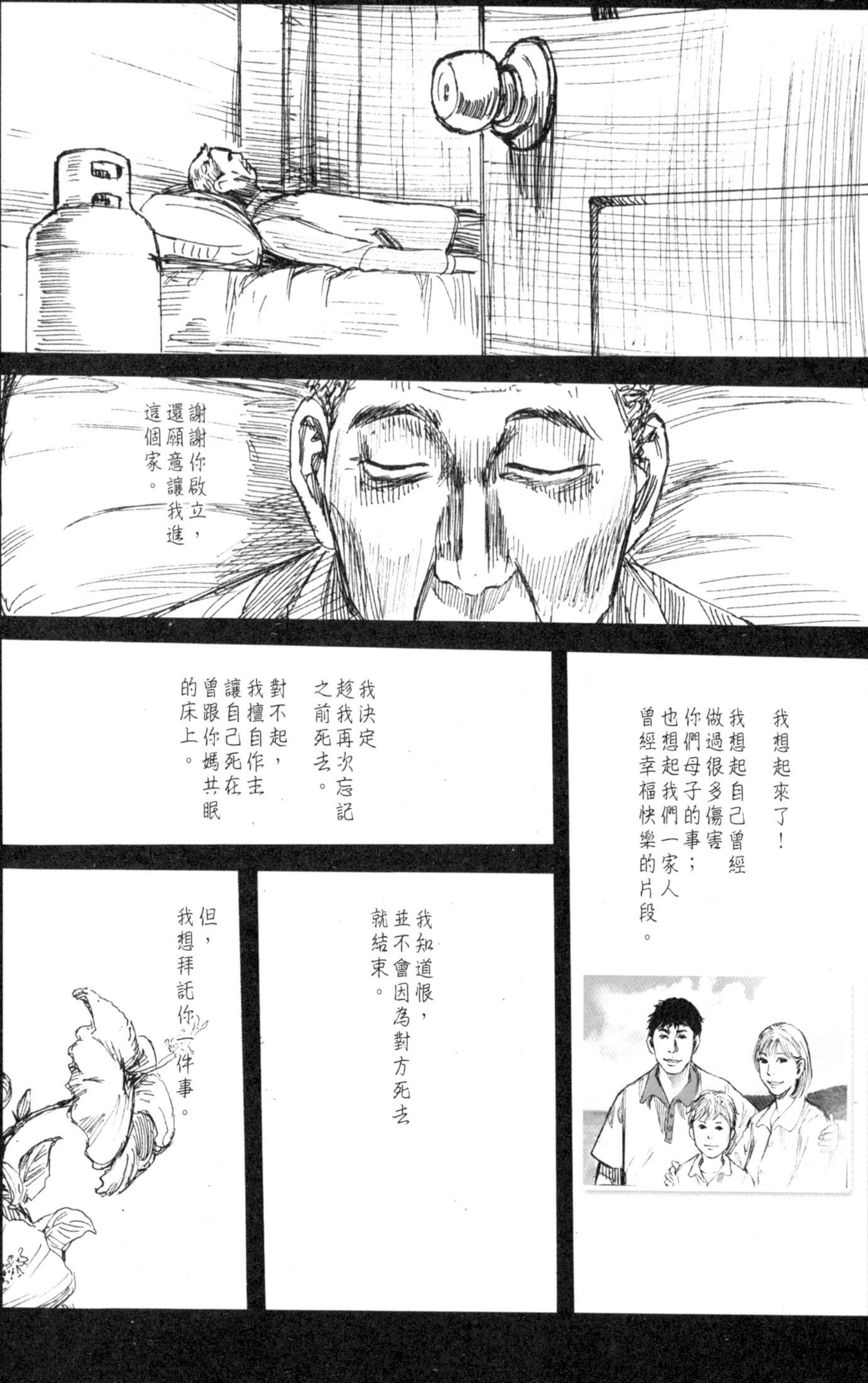
謝謝你啟立，
還願意讓我進
這個家。
我想起來了！
我想起自己曾經
做過很多傷害
你們母子的事；
也想起我們一家人
曾經幸福快樂的片段。
我決定
趁我再次忘記
之前死去。
對不起，
我擅自作主
讓自己死在
曾跟你媽共眠
的床上。
我知道恨，
並不會因為對方死去
就結束。
但，
我想拜託你一件事。

帶媽媽去八重山，
她說外公外婆曾經住在那，
她也想去看看。
從那邊的海，
看向家的方向。

CUT.4 雨。夜。花

好像有比上禮拜長高一點耶！
你看！我爸沒唬爛吧！
我們可以多找幾個同學一起來唸！
好主意！搞不好三年級就可以爬樹去天上，不用上學了！
報名表我做好了。
你注音寫成ㄆ一ㄠ了啦！
隨便啦。
我們要幫這個計畫取個名字！

我記得叫做「雲州小飛俠」，我們那時候超愛史艷文跟科學小飛俠的。
硍！這種蠢事不用記得啦！
最蠢的是，我們相信你爸的唸書樹會變高理論！全班都叫我們爬呆三人組。
我也是受害者好嘛。
真的深受其害，我後來唸園藝，金寶則迷上天文科學。
如何？有辦法救嗎？

褐根病是樹的癌症，會比較難處理。
要先移植用藥，這裡的土壤也要消毒。
等颱風過後再處理吧。
你看，這就是褐根病樹皮的病徵。
我每天都上來，怎麼完全沒發現……

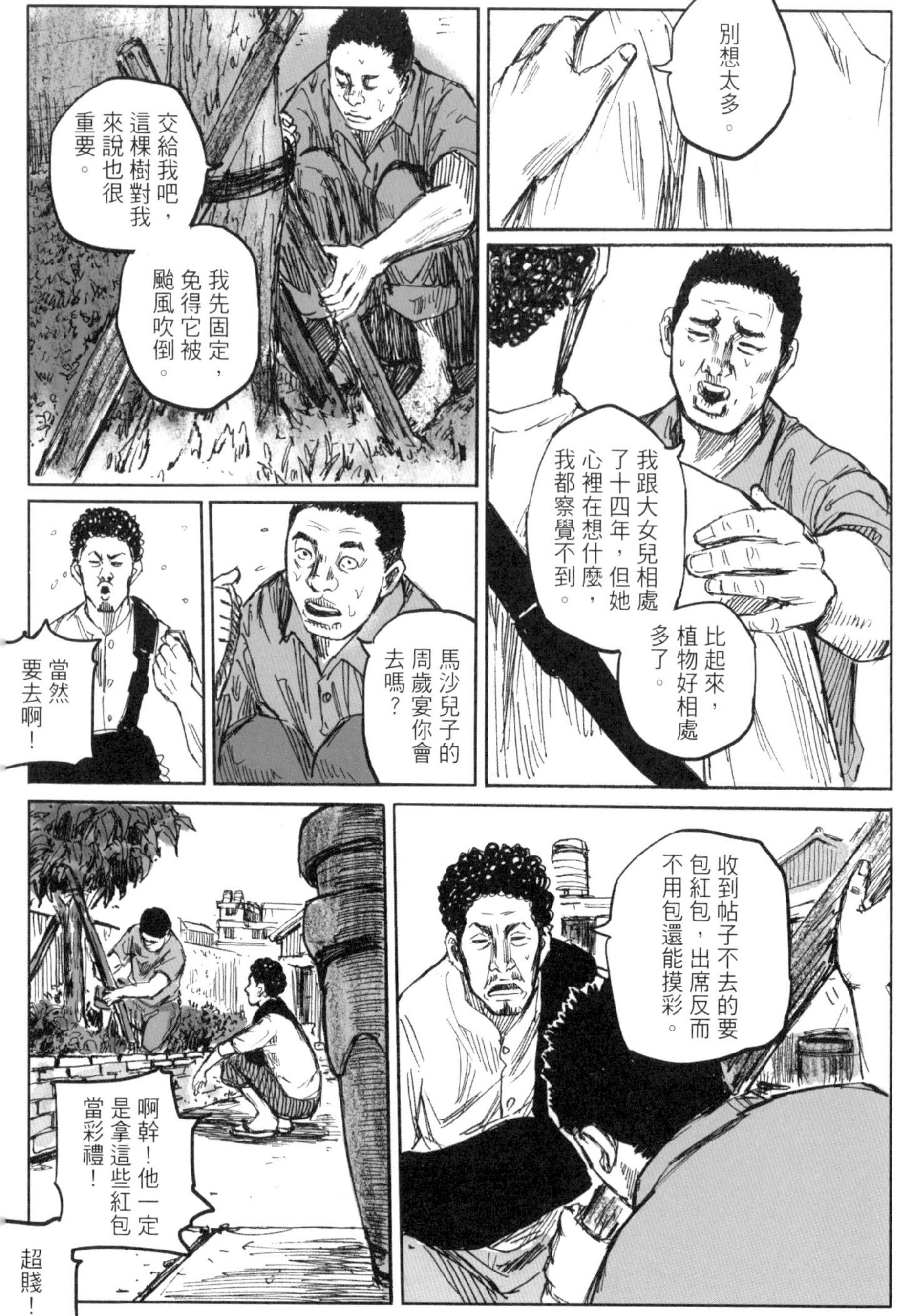
別想太多。
交給我吧，這棵樹對我來說也很重要。
我先固定，免得它被颱風吹倒。
我跟大女兒相處了十四年，但她心裡在想什麼，我都察覺不到。
比起來，植物好相處多了。
馬沙兒子的周歲宴你會去嗎？
當然要去啊！
收到帖子不去的要包紅包，出席反而不用包還能摸彩。
啊幹！他一定是拿這些紅包當彩禮！
超賤！

你幫我拿紅包去，今天是結婚紀念，要安太座。
好啦！
你表情好猥褻——
阿華，
你打算孤身到老喔，都沒想過要成家嗎？
嘖！人出生跟往生不都是孤身一人。
那是開始跟結束，重要的是過程啦！
人不就是來體驗過程的嗎？

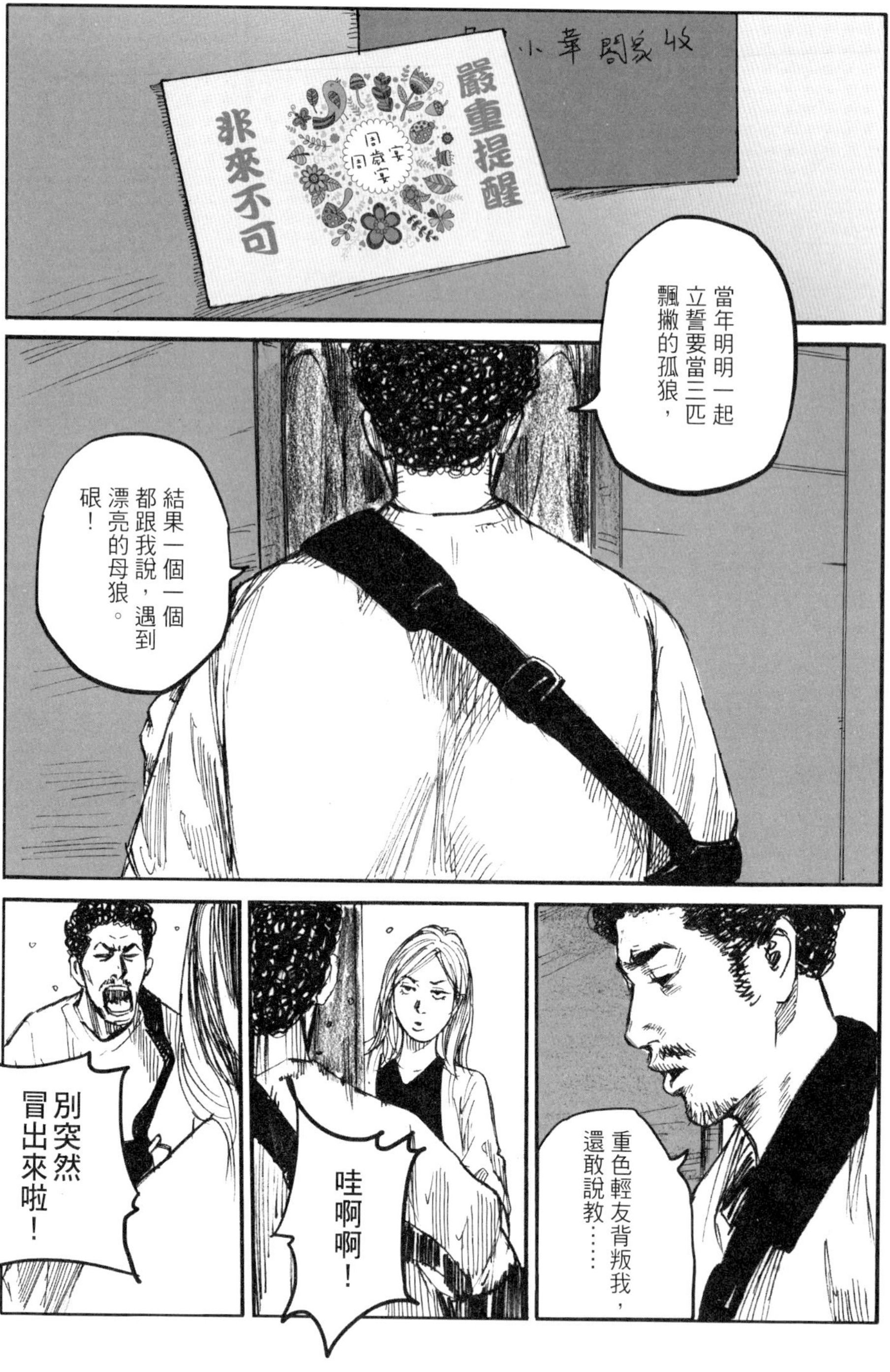
小華閤家收
嚴重提醒
非來不可
周歲宴
周歲宴
當年明明一起立誓要當三匹飄撇的孤狼，
結果一個一個都跟我說，遇到漂亮的母狼。硍！
重色輕友背叛我，還敢說教……
哇啊啊！
別突然冒出來啦！

我是過來看你需不需要幫忙。
不用啦！我獨臂剪刀王陳小……
褲子都穿不好還王咧——
嘿！是被妳嚇到褲頭鬆了——
愛牽拖——

呃！這……
這種拉鍊的，你比較好穿脫吧。
不過我好像買太大件了！哈哈！
那些破掉的衣服就別穿了啦。
你的品味超差，以後就我幫你挑。

快點啦，就等你一個。
年輕人不懂啦，舊衣服穿起來比較柔軟咩。
再說，以我這種穿什麼都帥的體質，
好啦！
新衣服都只是錦上添花而已啦。

七
六
28
週
寶寶狀況很好喔。
進入懷孕晚期，腰痠背痛、肚子痛和頻尿都是正常現象。
要跟老公儘快決定在哪生產喔，分娩前至少要讓負責接生的醫生看過兩次。

呼！
呼！
呼！
呼！
呼！
呼！
呼！

嘩啦！
嘩啦！
嘩啦！
嘩啦！
叮咚！
產檢如何？

HAPPY BIRTHDAY
我慘了我，周歲宴這群小鬼真心的相信，我是卸了妝的麥當勞叔叔。
颱風要來了，注意安全。有狀況隨時摳我！我要去安慰哭哭的小丑先生了。
哈！笨蛋！
人跟人之間，有種很難以解釋的頻率。
會有一個人，總能在我們心情不好的時候，有所感應。

一句問候，即使跟煩心的事毫不相干，
都能讓心情不再繼續下沉。
不好意思，我們打烊囉。

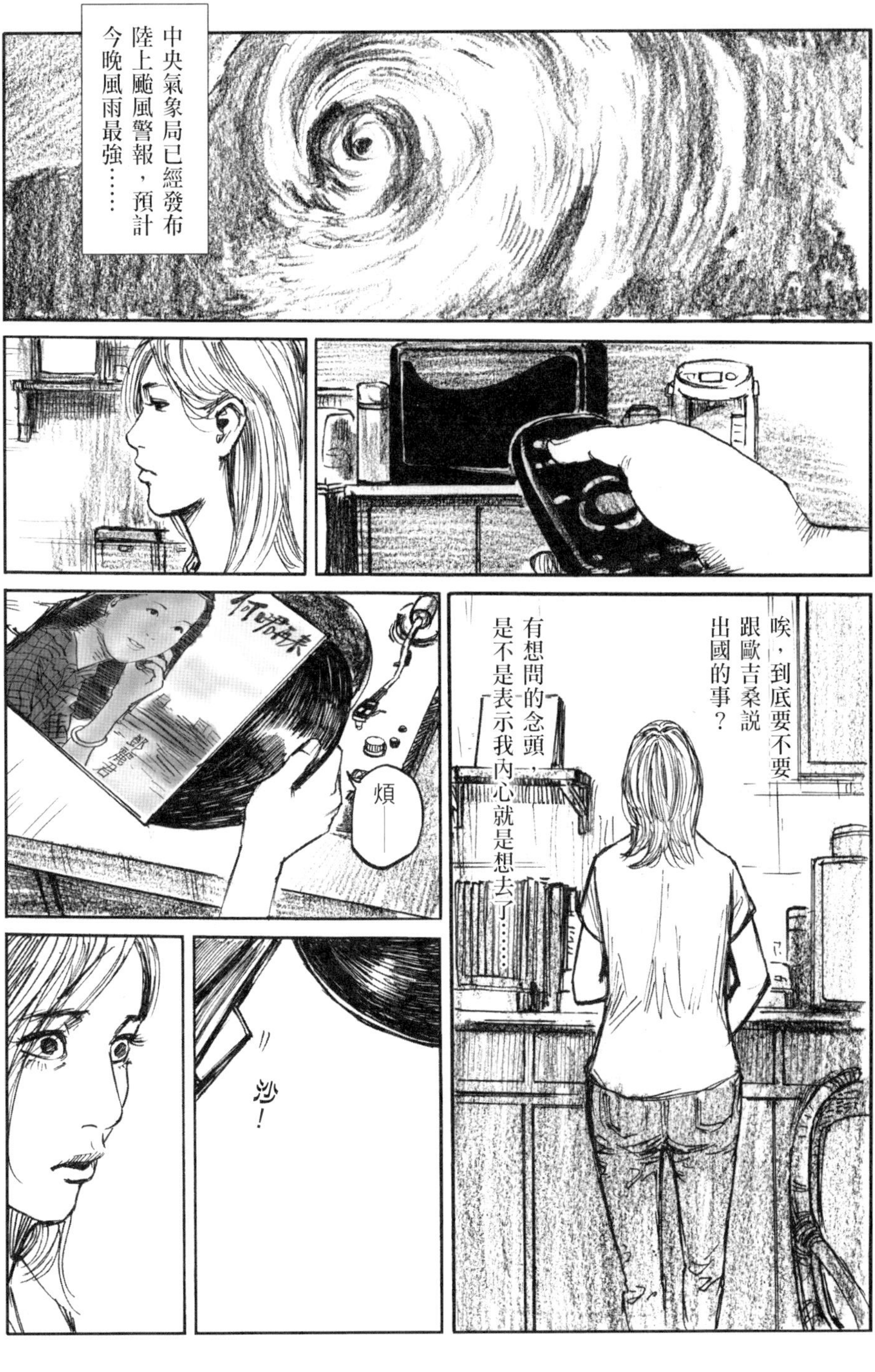
中央氣象局已經發布陸上颱風警報，預計今晚風雨最強……
唉，到底要不要跟歐吉桑說出國的事？
有想問的念頭，是不是表示我內心就是想去了……
煩——
沙！

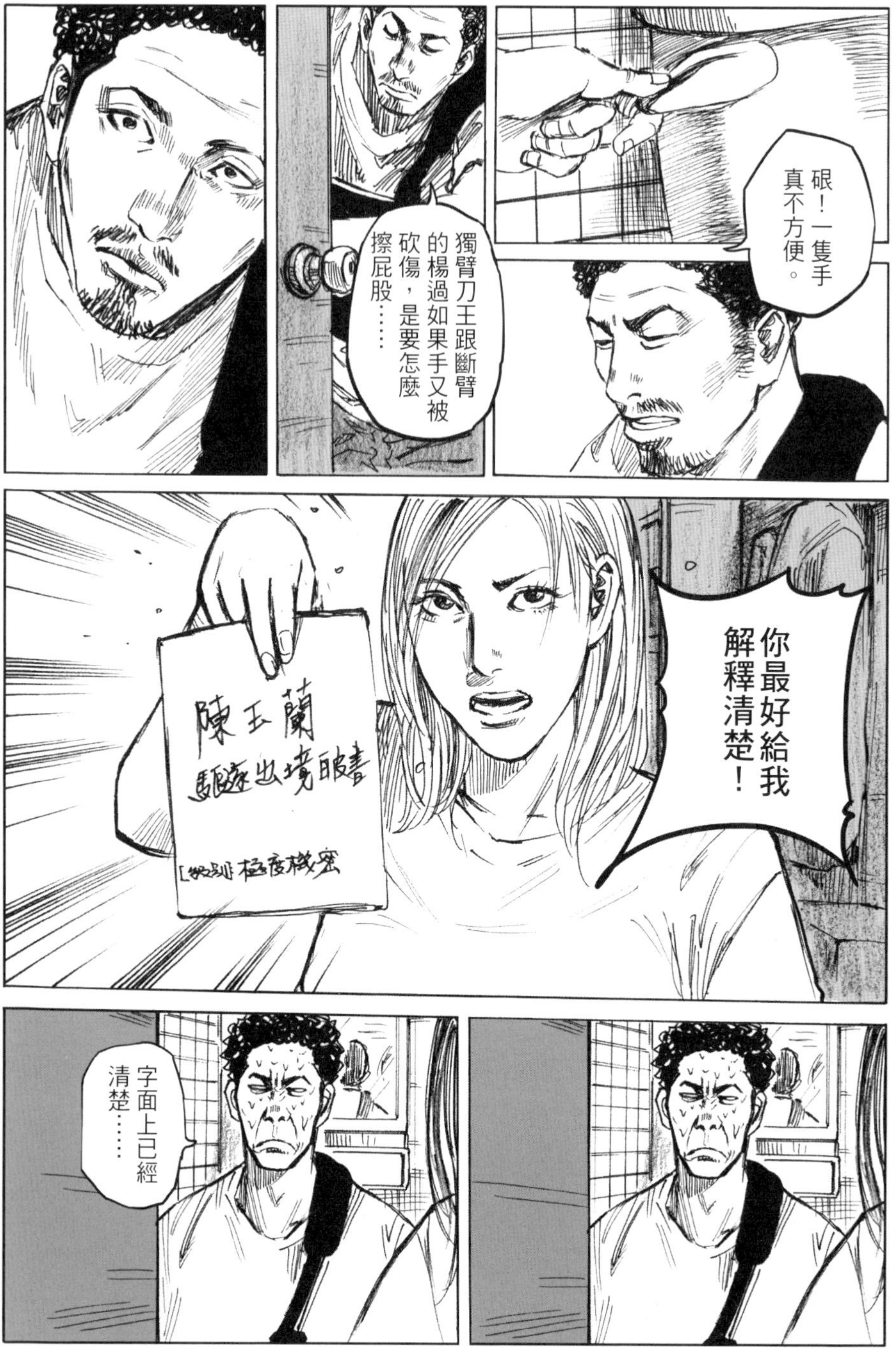

碍！一隻手真不方便。
獨臂刀王跟斷臂的楊過如果手又被砍傷，是要怎麼擦屁股……
陳玉蘭
驅逐出境晚書
極度機密
你最好給我解釋清楚！
字面上已經清楚……

主謀者是老頭啦！
郵政存簿儲金簿
1234567
1234567
陳玉蘭
他不確定，我會不會接受有個同父異母的妹妹，
所以信封裡有本儲金簿。
嘖！本以為藏在最危險的地方會最安全，結果還是最危險……

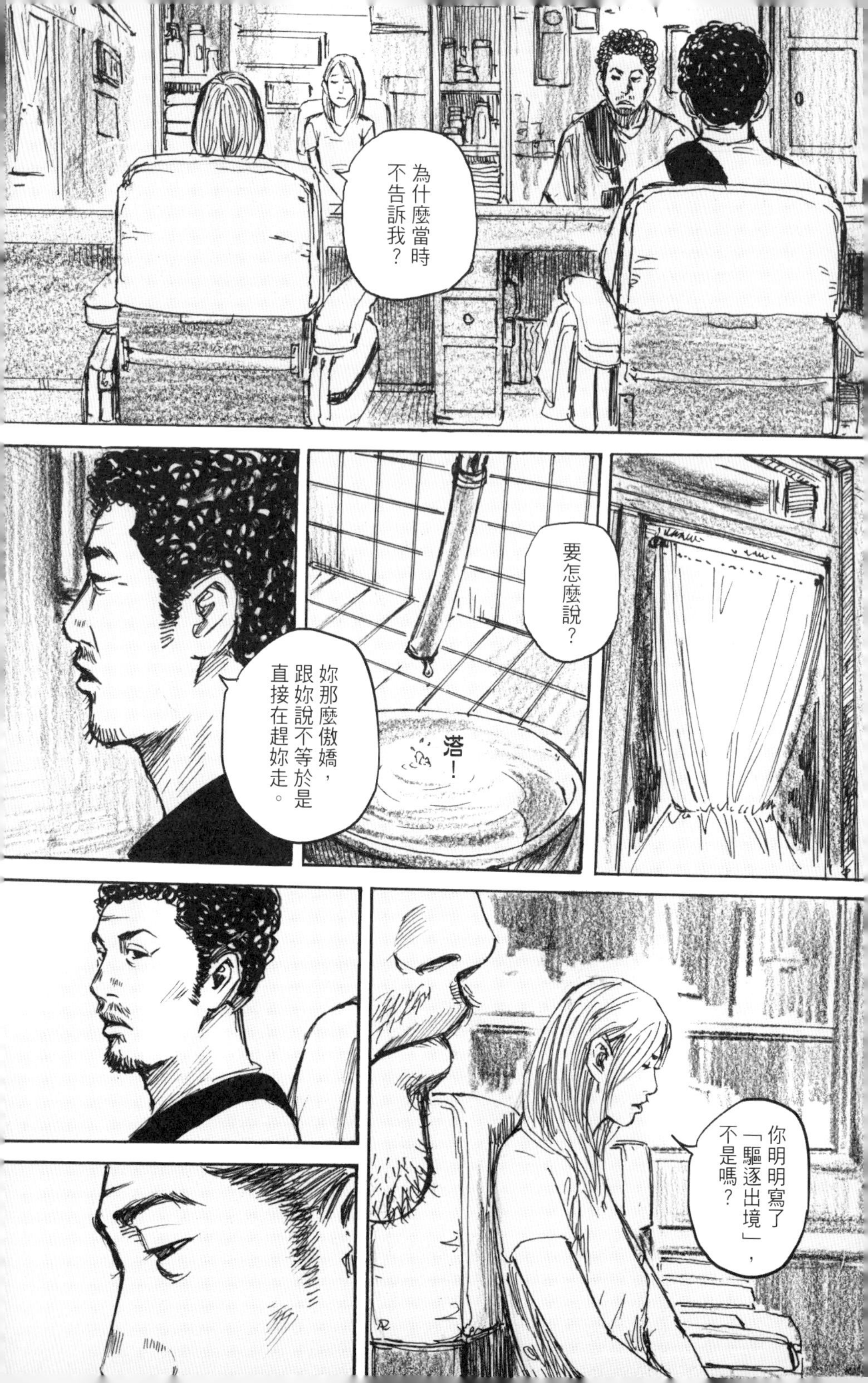
為什麼當時不告訴我？
要怎麼說？
妳那麼傲嬌，跟妳說不等於是直接在趕妳走。
滘！
你明明寫了「驅逐出境」，不是嗎？

我怎麼可能讓妳一直留在東華春啊。妳才十八歲耶，又不是五十八。
東華春是家，是可以回來的地方。
不是給妳伸展拳腳的舞臺。

太久了，我有點記不太清楚。
我記得老頭說過，人為了追求穩定，最後大多數都會一成不變。
慢慢的，生活變得枯燥又無奈。
所以來做頭髮，換個髮型，都可以轉換新的心情。
這樣……

這樣，他們就能恢復活力，繼續面對枯燥的一成不變。
對……
嗚嗚……
笨蛋陳玉蘭，妳在哭什麼啦！

都怪你提到老爸啦！害我好想他！
哏！是妳自己愛哭，還怪我咧。
要幫助別人回復活力，妳不能太早一成不變。
所以，陳玉蘭……
可是你怎麼辦？
啟立哥假釋期滿了，萬一他也想離開，你怎麼辦？

我喔，以我的功力，足夠應付這裡的八大門派嬸嬸、阿姨、叔伯了。
再說，我主要是靠顏值討生活。
妳也在這生活一年了，
應該知道這裡就是妳照顧他們，他們也照顧妳。所以別煩惱啦！
你都沒想過要離開東華春嗎？
我媽也曾經叫我出去闖闖。
可是我不知道要去哪裡啊？去別的地方也是剪頭髮，沒差吧。

是因為在等老爸嗎？
轟隆！
哏！怎麼可能！
真的……不是。
轟磅！

呵呵！風真大呀——
啪嚓！
歐吉桑你去哪啊？

颼！
颼！

玉蘭！
快去幫我拿
木樁跟鐵鎚！

唔！
快……
快點……
我快撐不住了……

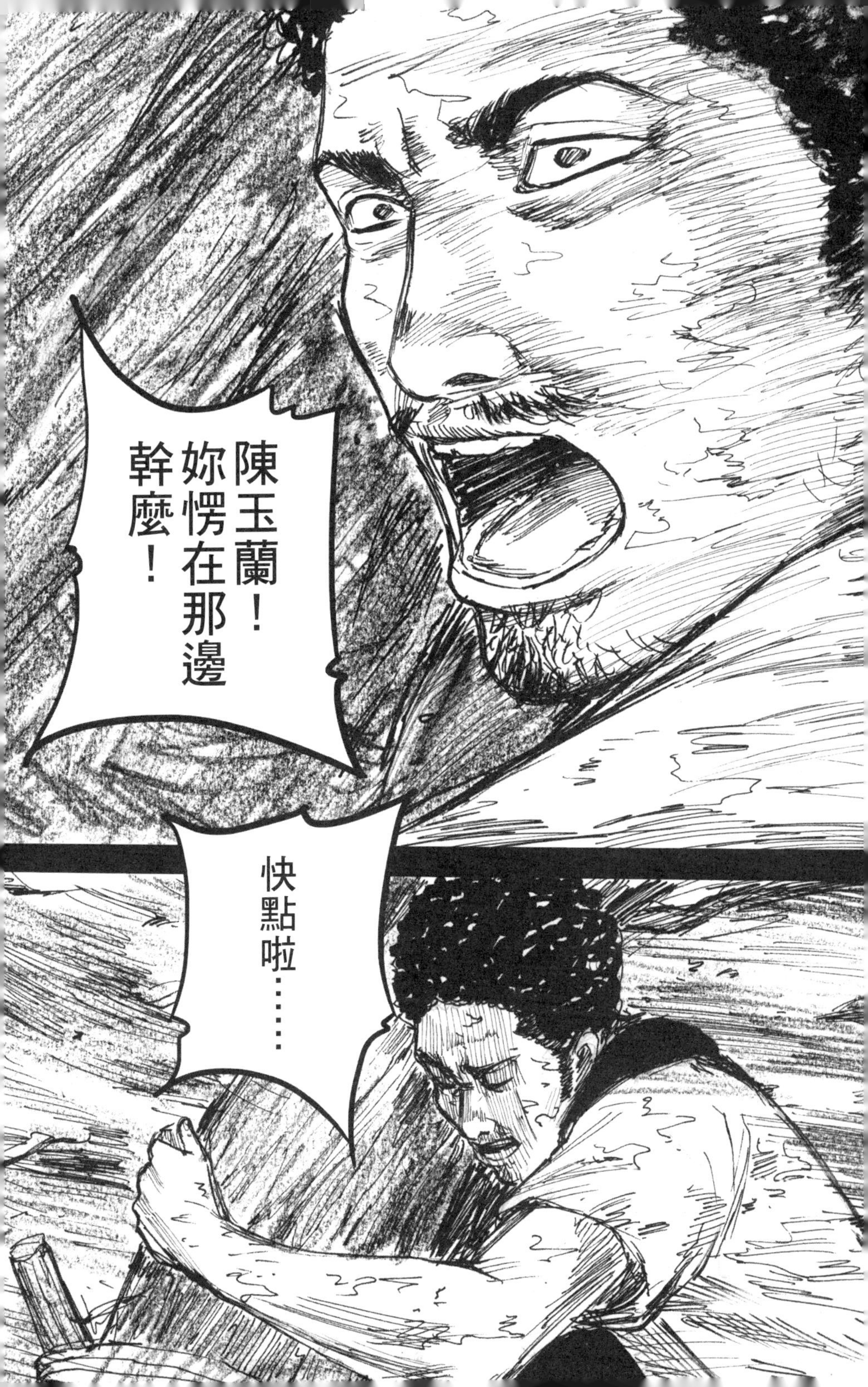
陳玉蘭！妳愣在那邊幹麼！
快點啦……

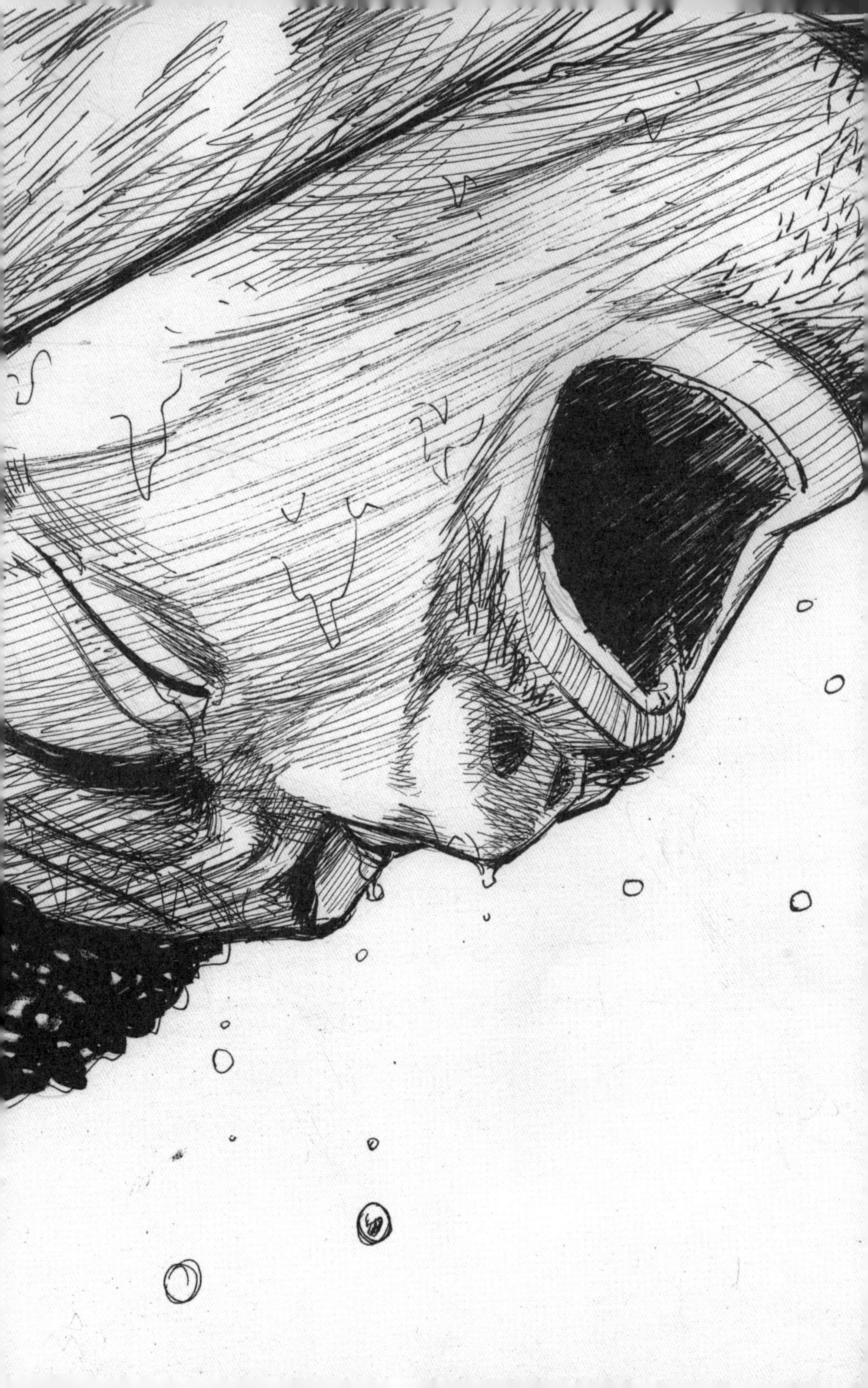

我拜託妳快幫忙啦！
阿爸的樹快倒掉了啦……

歐吉桑，你快放手啦！
這樣很危險！等颱風過去，我們再處理吧！
不行啦……
不能讓它倒掉啦……
嗚嗚……

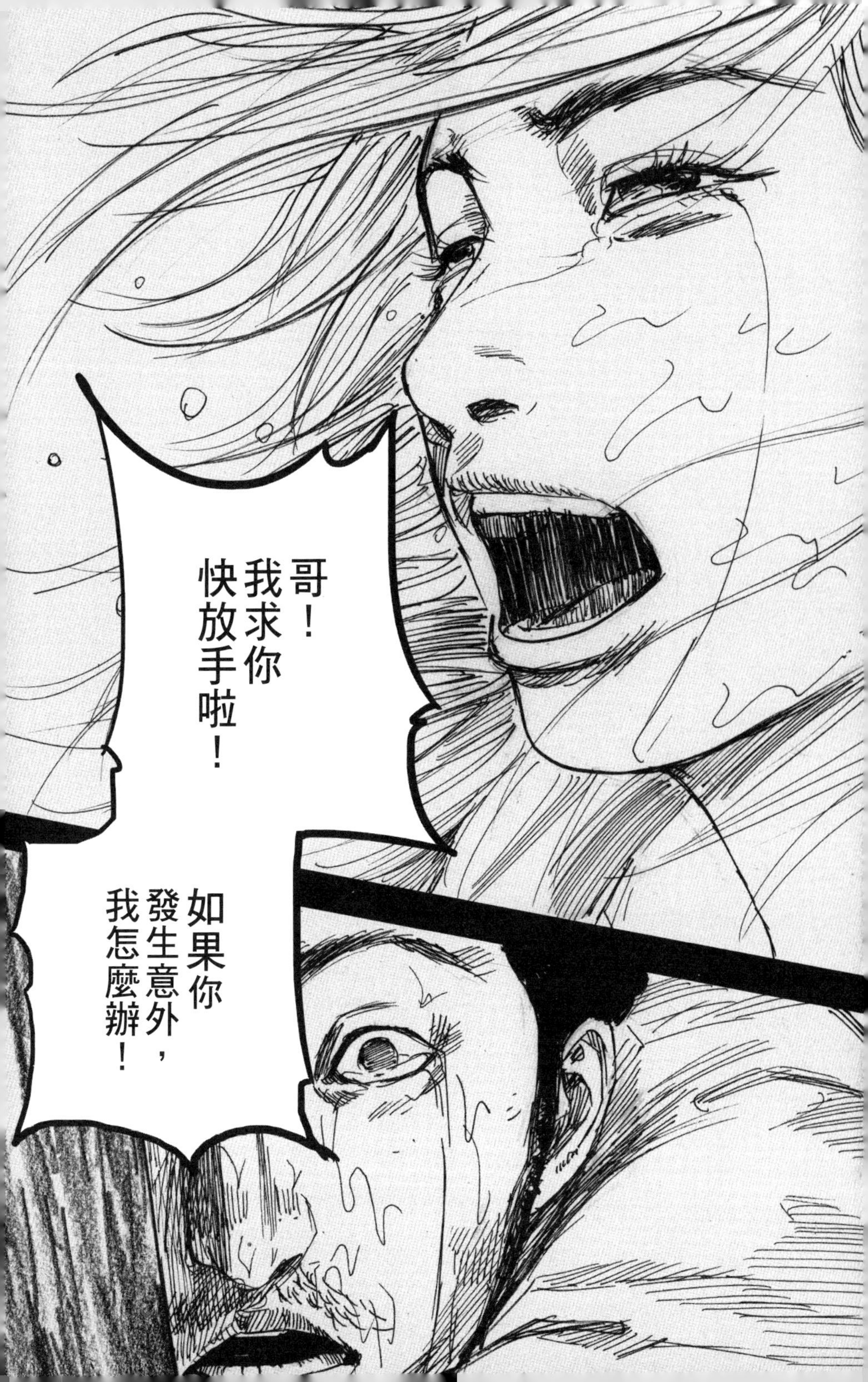
哥！我求你快放手啦！
如果你發生意外，我怎麼辦！

其實……其實老爸過世後，我很害怕也很無助……
我內心一直很感激他送我來東華春……
嗚嗚嗚……
我心裡也很慶幸……
原來我還有個大哥，可以讓我依賴……

哥……放手吧……
嗚嗚……可是……
嘎吱！
啪！
唔……

呼!

磅！
砰！

呼～
呼～

哼！

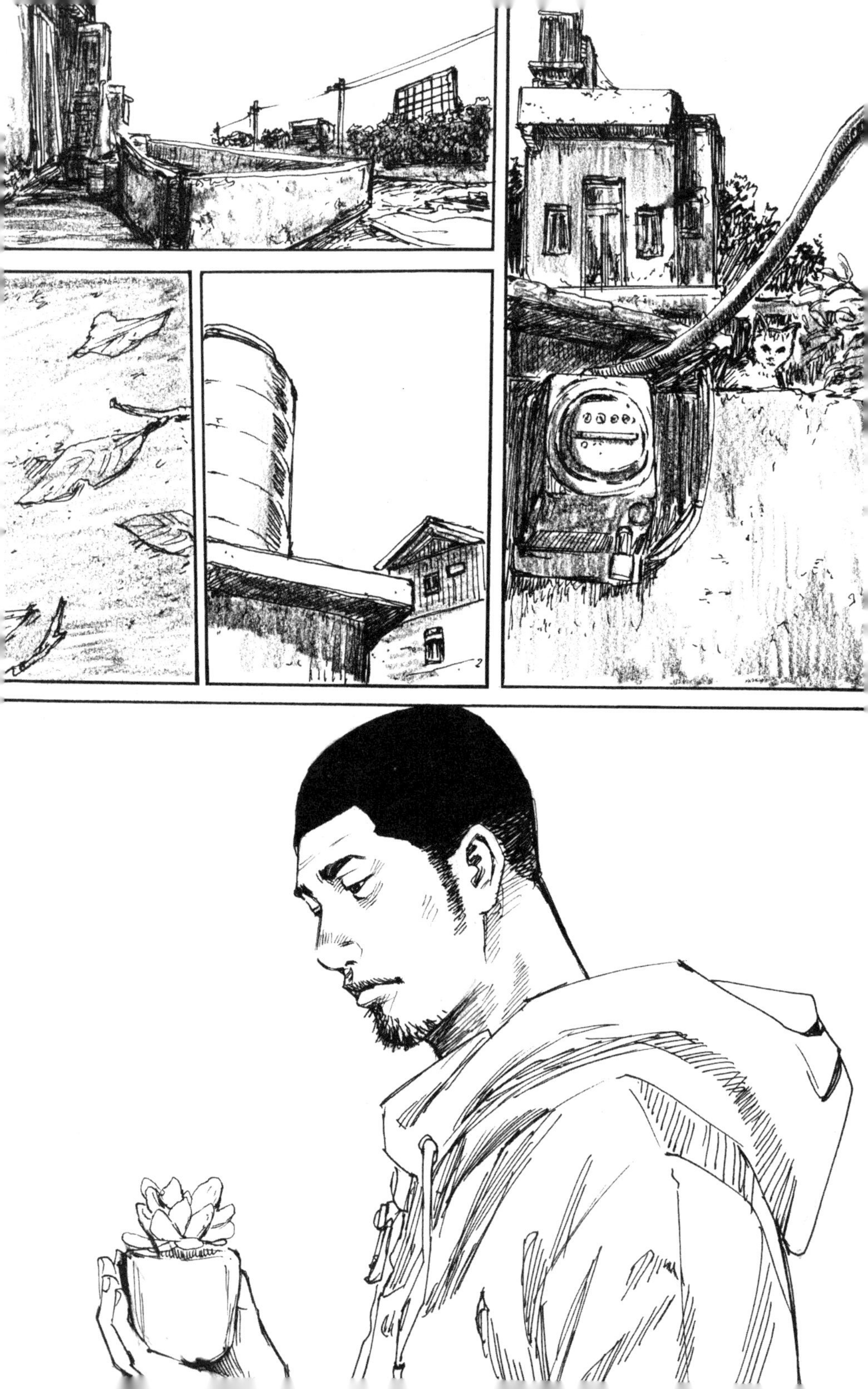

樹倒掉後，
歐吉桑要我幫他理平頭。
隔天，
一早就出門了。
他說，
有個想去的地方。

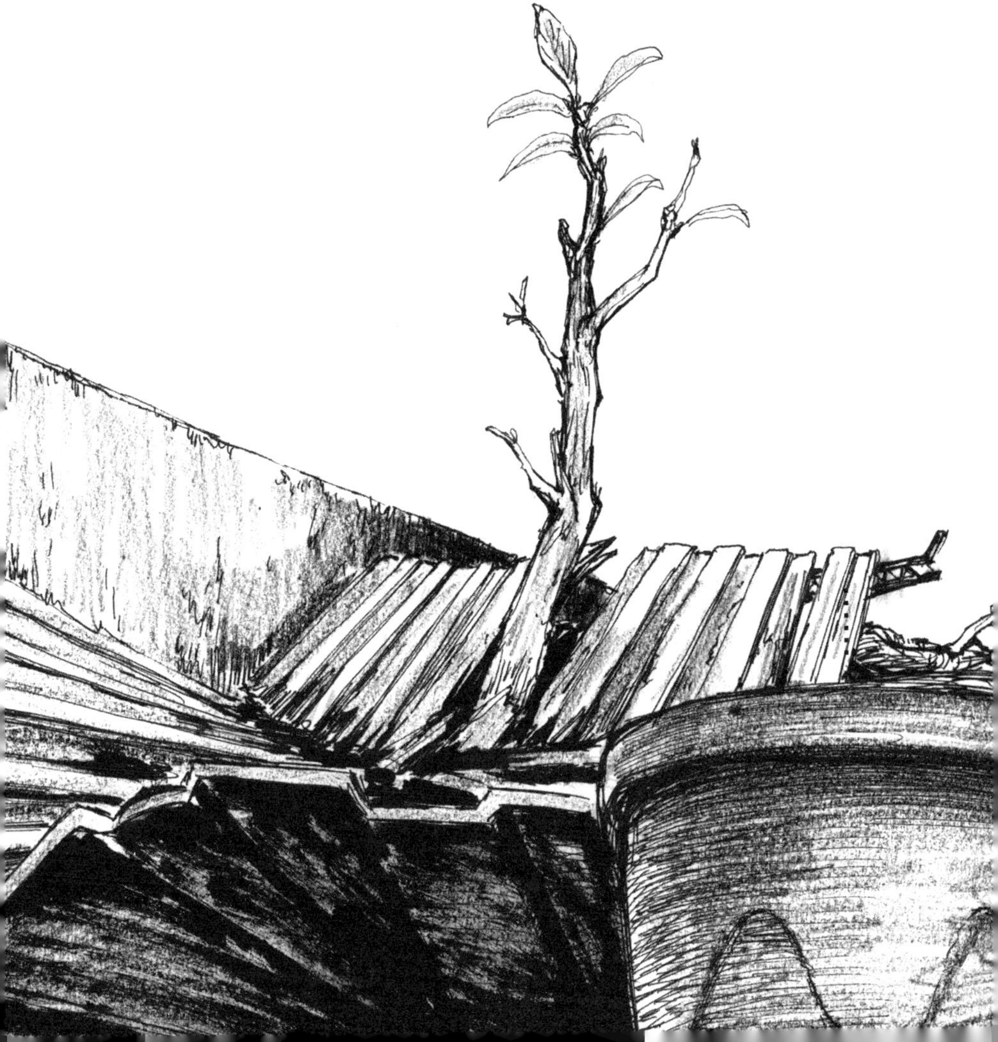

CUT.5 芳華

東華春理髮廳

100.10.19
臺灣鐵路局
區間
福隆站
至
臺北站
限發售當日有效
票價83元
最近老是睡過頭……
唔？

早啊。
我跋山涉水過來看妳，還笑我！
抱歉！我回想起你國中時的蠢樣——
笑屁啊！
怎麼突然跑來？
夢遊就遊過來啦。

我看書上說，孕婦頭髮似乎長很快。
好像是真的耶。
你什麼時候變得這麼認真看書？
硍！我人生不是只有涉獵A片好不好。
陳小華。
按怎？
你跟他是不是有聊過？
唔！妳說誰……
再裝就太假了。
我有料到……
昨天傍晚，他來找我。

硍！他沒怎樣吧？
沒有，我們大概聊了一個多小時，我就請他離開了。
喔……
是他來找我問妳在哪？我想，還是說清楚比較好……
他說他離開前，你問他能不能給我跟小孩家的感覺。
後來他才理解，家跟家的感覺是有差別的。
嗯啊，差別很大……

所以他才來這，當面跟我說他離婚了，可以給我一個家了。
但是，家的感覺，需要靠兩個人一起才行。
陳小華，
那很好啊，表示他有用實際行動證明。
沙——沙——
你覺得呢？

我也不知道。
妳可能要仔細想想，聯繫你們之間的是什麼。
是放不下對方？還是因為有了小孩？
不然也可以試試，只是要想好退路。
我爸離家後，我媽不得不一肩扛下。
雖然後來她交了男友，沒有太顧到我，但我覺得對她是好的。
一段關係裡，有被愛著，還是有差啦。

家的組成，不能只是因為有血緣的牽絆。
不然，可憐的都是小孩。
我們都是有親身經驗的過來人。
緊密的血緣關係，不一定能保證家庭的幸福與完整。

我真的不知道怎麼選才對……
選七、V或是U。
唔？

我希望妳選擇快樂。
我們小時候不快樂，主要是因為大人不快樂。可是，那時我們沒得選……

黃麗芳，
我希望從現在到以後，
妳都要選擇快樂。

這樣，妳的小孩才會快樂。

福隆
Fulong
硍！我是在耍什麼帥啦！
我明明是來接她回去的……

肚子越來越大，是要怎麼顧店跟做麵包啦！
萬一有狀況怎麼辦……
硍！平常沒營養的話超多，偏偏剛才開不了口。硍硍硍！
不然，再衝回去找她！

不行！
萬一她聯絡那個痐氣，
或是痐氣已經在來接她的路上，
我再出現，不就破壞他們一家團圓。
可是……

以她的個性……
不管了啦！
再說，我回程票都買好了！
100.10.19
鐵路局
間
隆站
至
北站
發售當日有效
票價83元
啊幹！怎麼只有一張？
另一張咧？
出口
靠北啊啊啊啊！
福
隆

走吧，下一班區間車要進站了。
要買便當嗎？
當然呀，我要兩個。
黃麗芳！
幹麼？
小孩出生那天，要不要來種棵玉蘭花？
我想種石蓮花。
乾脆來培育石玉蘭花！讚啦！
哈！好喔！

〈自畫自說〉

讓所有人安好

颱風夜裡，小華奮力抱住傾倒的樹，像抱著父親，抱著彷彿從樹根蔓延至體內的傷，不肯放下。最後徒勞——花離枝，根離地，兄妹兩人目送逐漸飄遠的玉蘭花。

神話故事中造人是用泥土，因此把軀體比喻成栽種的土壤其來有自，而內心則是陽光、是空氣、是風雨。父親種下玉蘭花，是在小華身上栽了愛；而當父親離家後，它則變成提醒小華的傷。

小華想通了。

也許，愛與傷所參雜的各種情緒在身體共生，是生命的型態。也許，他察覺到身邊還有更在乎的人需要自己。於是，刨根剜肉的風雨過後，小華釋懷了。

第三集有較多篇幅落在啟立身上。之前我也說過，對於啟立，我有很多不確定……相較於其他角色，他平的像遠方地平線的隙縫，我要靠近才能看得清晰一點。

童年的他，是有意識的布袋戲偶，可是終究擺脫不了身體裡潛藏的命運之手。應該是每個小孩都是這樣吧？他不是沒想過自己大可將遭遇到的，用報復周遭的方式來排解怨恨。可是在分岔點上，他選擇當一個好人。

這段時間，我不管是搭捷運，或是走路，都在思考啟立的好人模式要如何演出，畢竟情節當中他仍有情緒失控的誤殺或是報復性的傷人案件，這與時常提醒自己要當個好人的設定是相互衝突的。個性和善的人不會肆意外放內心積累的脾氣，所以假設爆發的度量值是一到十，啟立是一直會忍到九點九才控制不住地爆發，從而做出旁觀者會驚訝愕然的事。他的引線，是極致的抑鬱焦躁以及他一直沒說的遺傳性疾病。傷害人有錯，可是一般人總是習慣檢討做出傷害的人，而沒人檢討將他推向爆發的人。

而我想在最後一集結束時，讓所有人安好。

小華掙脫了受傷的根，原本對成家毫無信心的他，開始試著練習組個家庭的模樣；玉蘭知道自己有家，所以可以跟著媽媽去遠方看看世界；啟立斷了纏在身上的線，可以坦然的愛自己也去愛人；唐治國對妻子說出憋在心裡三十幾年的自我檢討跟道歉；還有，很早就在聲色場所賺錢養全家的夢娜做回黃麗芳，選擇在故鄉生下孩子，她相信即使原點相同，命也會不一樣，她開始選擇快樂。

其實，還有一條線沒能在書中交代。

我是先畫《東華春理髮廳》的福伯，才有《用九柑仔店》的勇伯（兩位的造型與個性都一樣）。本想安排他們見面，在彼此聊天過程中揭開他們是分隔兩地的雙胞胎身世。與他們父親一起討海的換帖終身未娶，因為家境不好，也為了幫助朋友延續香火，回到陸地後，他們的父親就把勇伯過繼給好友。就把這段寫在後記，算是補遺。

《東華春理髮廳》是從男性，尤其是父親的角色做為主題的創作，但我真心敬佩的，其實是每個任性男性身旁那位或眾位辛苦煎熬的女性。天下所有男性都是女性生出來的，所以耍任性前還是得想一想。

好不容易，歷時十四年的《東華春理髮廳》（中間逃避了十多年）終於完成。也許是現在的我有些歷練、有一點成長，才有自信、有能力幫它完結。謝謝遠流出版的編輯與行銷們耐著性子體諒包容我的任性，稿子時常一延再延，也謝謝敬愛的讀者們耐心等待。

《東華春理髮廳》是我從事漫畫的轉捩點，它在我體內種下可以萌生信心的花，儘管創作之路仍充滿懷疑，幸好扎下的根夠深。我也希望這三本漫畫，能在讀者們內心種下些許力量。

真心的感謝大家！

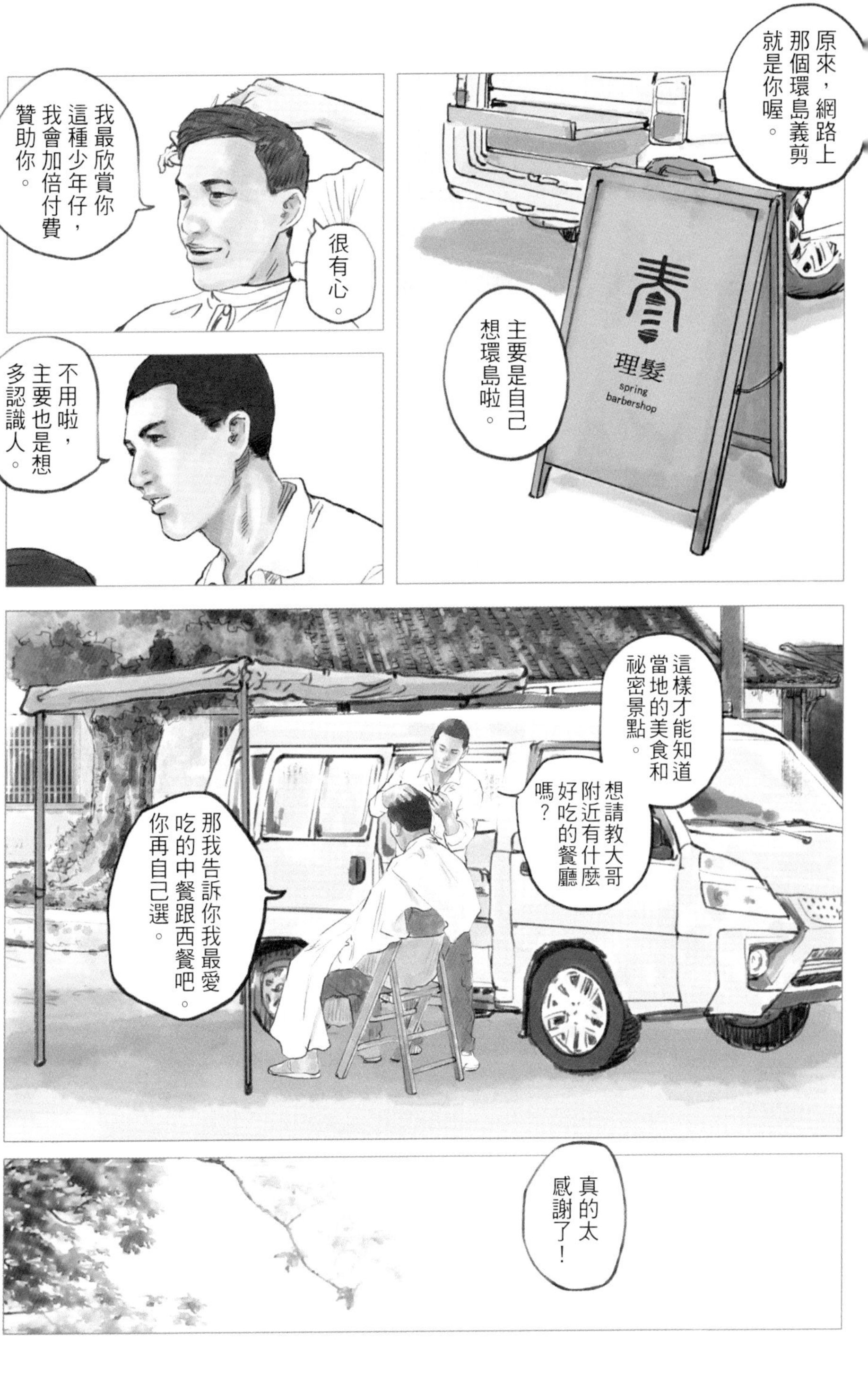

原來，網路上那個環島義剪就是你喔。
主要是自己想環島啦。
理髮
spring
barbershop
很有心。
我最欣賞你這種少年仔，我會加倍付費贊助你。
不用啦，主要也是想多認識人。
這樣才能知道當地的美食和祕密景點。
想請教大哥附近有什麼好吃的餐廳嗎？
那我告訴你我最愛吃的中餐跟西餐吧。你再自己選。
真的太感謝了！

學姊！妳確定不去聚餐？我升遷請客耶！
你多吃點喔。乖——
你很白目耶！她趕著去中部約會。
我知道啦！自從學姊戀愛後，整個暴戾之氣都消失了。
社會都變祥和了——
謝謝妳願意見面。
剛好我女婿順路載我，他老家就在警局旁。
巧的是，他還跟明遠同校。
真的很有緣分……
所以你想跟我說什麼？

對不起。
一直以來，我都沒開口對妳還有明遠道歉……
一直以來，我只站在自己的立場，做我認為正確的事。
我一直認為我扛得住壓力，妳們也可以……
我能忍受孤立，妳們也能……
……
對不起！
我道歉並不是想要妳原諒。我是真的……
謝謝，
謝謝你的道歉，雖然等了很久……
你是個很不體貼的丈夫和不稱職的父親……
但，你真的是一個非常盡職的警察。
從我們認識開始，我一直都這麼認為。

已經退休了，正義感收斂點，別那麼執著。
去把頭髮染一染吧，比較有精神。
照顧好自己。
東華春理髮廳
聽到了沒？
有啦——放心，我媽也在呀。
要好好讀書，別只顧著談戀愛。
我偏要集滿十二星座！怎樣！
玉蘭。
硍！要不要外掛十二生肖！
這袋麵包帶著，別讓福伯碰，否則會立刻被吃光。

怪我喔，妳有本事就別做的那麼好吃啊！
他說的是公道話！
認同！
大不了我把車改成麵包車，幫麗芳賣！
你發誓！反悔就性功能障礙！
哈哈！好毒！
你們這些阿公們小聲點，小孩睡著了。
喔！時間差不多了。
那我們送玉蘭去機場。
老爸，怎麼辦……
我好捨不得離開東華春喔……
可是，我必須向前走對吧
像我之前，走進東華春那樣……
不用送啦！外面風大。
我走曬。你們要保重！我一放暑假就回來！

歐吉桑説東華春是家。
是想歇息時，
可以回來的地方。
東華春理髮廳

等我回來。

那時從倒掉的老欉
移植的玉蘭花，
應該也長高一點點了吧。

Taiwan Style 77

東華春理髮廳 3

DongHuaChun Barbershop

作　　者／阮光民

編輯製作／台灣館
總 編 輯／黃靜宜
主　　編／張詩薇
美術編輯／丘銳致
行銷企劃／叢昌瑜

發 行 人／王榮文
出版發行／遠流出版事業股份有限公司
地址：104005 台北市中山北路一段 11 號 13 樓
電話：（02）2571-0297
傳真：（02）2571-0197
郵政劃撥：0189456-1
著作權顧問／蕭雄淋律師
輸出印刷／中原造像股份有限公司
□ 2023 年 3 月 1 日　初版一刷
定價 280 元

Printed in Taiwan
ISBN 978-957-32-9971-4
YLib.com 遠流博識網 http://www.ylib.com E-mail: ylib@ylib.com
遠流粉絲團 https://www.facebook.com/ylibfans